대한문인협회 인천지회 동인문집

꽃바람

제1집

시음사
시사랑음악사랑

발간사

인천지회 동인지 " 글 꽃 바람 1 " 출간에 즈음하여

고요함과 요란함,
행복과 불행,
슬픔과 기쁨,
사랑과 미움, 각기 다른 인생의 삶 속에서
마주치는 온갖 사연들로
부딪혀 퍼지는 파동을 각각의 시각과
느낌으로 글을 쓰고 꽃을 피웠습니다.

그리고 이젠 고운 향기를 바람에
날립니다.
"글 꽃" 향기는 바람이 되어
먼 훗날까지 싣고 갈 겁니다.

대한문인협회 인천지회 문우들과 함께하는
동인지 "글 꽃 바람" 이
독자들에게 희망과 용기와 위로가 되어
많은 사랑 받기를 기원합니다.

인천지회 문우들과 함께하는 동인지
행복합니다.

대한문인협회 인천지회장 오승한

목차

목차

목차

목차

목차

꽃바람

詩人 *가혜자*

대한문학세계 시 부문 등단
(사)창작문학예술인협의회 회원
대한문인협회 인천지회 감사
대한문인협회 한국문학 향토 문학상
대한문인협회 인천지회
　　향토문학상 경연대회 대상(2019)

❀ 시작노트

바람 앞으로 걸어가서
어두움을 몰아내고
희망 안고 오시는 임
걸음걸음마다 불 밝히려오

그대 가는 길 그 어디든지
축복의 불 밝히리니
　　　　　詩 "등불" 중에서

대한문인협회 인천지회
첫 동인지 출간을
진심으로 축하하며
영원무궁한 발전을 기원합니다.

8

등불 / 가혜자

한을 살라 먹고
어두움을 살라 먹고
깊어 가는 밤
작은 심지 돋우며
졸려도 졸지 않고
밤을 태워 불 밝히려오

화를 살라 먹고
눈물도 살라 먹고
캄캄한 길 가는 동안
흔들리면 흔들리는 대로
꺼질 듯 꺼지지 않고
청춘 태워 불 밝히려오

바람 앞으로 걸어가서
어두움을 몰아내고
희망 안고 오시는 임
걸음걸음마다 불 밝히려오

그대 가는 길 그 어디든지
축복의 불 밝히리니
일어나 걸으소서.

새벽 / 가혜자

잠들었던 대지에
드리워진 어둠 벽 뚫고
희망으로 깨어나는
창조의 하루
시 ~ 작!

바다의 소리 / 가혜자

세상의 더러운 것
인간의 오물과 쓰레기
까만 기름 모두 다 받아 주었건만
그대 무엇을 주었는가. 내게

그물로 낚시로
거대한 배로
욕심껏 가져가도 미워도 원망도 안 했건만
그대 무엇을 주었는가. 내게

온갖 찌꺼기
감당 못 할 욕심으로 바다에 채워지는 날
사막 되어서
소금꽃으로 피어나리다.

발 / 가혜자

내 영혼이
쉼표를 그리면
멈추겠습니다.

물장구치고 놀며
동심 속에 빠지면
기꺼이 깨복쟁이 되리오리다

하얀 웃음소리 들리는 곳
떨리는 심장이 가는 곳
그 어디든지

뚜벅뚜벅
때론 뛰어서 날아서
이 세상 끝까지 함께 하겠습니다

목련꽃 당신 / 가혜자

살얼음판 인생길
휘어이 휘어이
판개골 포강가
달보드래 여인이여!

풀 먹인 흰 옥양목 앞치마
겹겹이 두르시고
올망졸망 자식 위해
비바람 모진 세월
이겨내신 장하신 그 모습
온통 혼돈 속을 헤매는 잔인한 사월
아 ~ 어 머 니 !

내 삶의 음표를 그리다 / 가혜자

숲이 숨을 반올림 한다
나무는 하늘을 향하고
산은 안단테 안단테 고요를 품는다

어디선가 산토끼 다람쥐 술래잡기
휘파람 새소리는 도돌이표

느릿느릿 게으름 하품을 하고
비스듬히 그루터기에 걸터앉아 꾸벅꾸벅

하루해는 서산마루 잠자리 이불 펴면
상념은 달빛에 부서지고
가슴은 파도를 안아 자장자장 쉼표를 그려놓는다.

들꽃의 기도 / 가혜자

바람 앞에 선한 눈을 감는다.
수줍은 얼굴은 땅을 향하고
쪼글쪼글 연둣빛 두 손
기도의 문을 연다.

여리디 여린 몸
간절함에 숨결은 멎었는가.
시간은 멈췄는가.

애간장 태우던 화염 속에선
하얀 재 하늘로 날아가고
사리 같은 돌은 남아 또르르
눈에 맺힌 이슬처럼 떨어져
풀잎 위 시소 타고
천국으로 가는 중.......

詩人 강지현

대한문학세계 시 부문 등단 (2017)
(사)창작문학예술인협의회 회원
대한문인협회 인천지회 정회원
2017 대한문학세계 신인문학상 수상
동인지 다수

❀ 시작노트

학창 시절부터
한 문학소녀의 마음속
늘 간직해 오던 꿈이랄까요?
파란 하늘 바람이 불어오는 듯 마음속에도 예쁜 꽃이 피어납니
다.
이슬처럼 고고한 순결처럼
수정 같은 아름다운 마음으로 예쁜 글을 쓰며 시인이 되어 행복
한 글쟁이가 될 수 있도록 다짐하며 문을 두들겨봅니다.

태종대 / 강지현

바다 강변
돛을 치는 모습 아래
은빛 물결
너울너울 일렁이고

갈매기들은
사랑의 세레나데를
부르며 노닐고 있다

어촌들의 매력은
그들만이 혜택인 듯
선물 받은 한 폭의 삶
그림이랄까

섬을 품은
일렁이는 은빛 바다
절벽에 부딪히는 파도는
자연의 신비 속

아름다운
가을 바다를
저 멀리 보내려 하고
겨울을 맞이할 준비를 하는 듯.

사랑 별 / 강지현

별빛 하늘
불꽃 옷 입고
한 땀 한 땀
수를 놓았더니

내 마음에도
초롱초롱
달빛 그림자
속삭인다.

순정 / 강지현

이슬빛 눈망울처럼
초롱초롱
아가의 숨소리처럼
뽀얗게

꿈속 여행처럼
새큰새큰
사랑 꽃 피어나는
바로 그 자리.

초록 세계 / 강지현

반딧불이 어둠을 밝히는 밤
모기들은 떼 지어 놀아대고
풀잎 향기 내음 따라 자연 속에
몸을 비벼댄다

멋진 풍광이 보이는 아지트라 할까
먹음직스런 주먹밥 하나
꿀맛이랄까
자연 속에서는 별거 아닌걸요

마음을 정화하는
여유가 생기고
온 힘을 다해 황토집을
짓듯이
우리는 유년 시절 추억 속으로
들어가 본다

초록 세계란
모든 사람이 살아갈 희망을 주고
또 다른 푸른 산이란 곳
전체에 초원의 빛 아래
상쾌한 초록의 내음이 퍼진다.

봄날 같은 동네 / 강지현

산세가 어우러진
소담스럽고 아담한
봄날 같은 찬연한 빛을 지닌
마을이랄까

하루를 사랑으로 더불어
살아가고
예쁜 꿈 하나를 마음속 깊이
간직하며
작은 희망 안에 속삭임으로
매일 입맞춤을 한다

어제가 아닌
현재 속 미래를 담고
살아가기에 난 지금 행복한
이곳 세상이 참 좋습니다.

버찌 / 강지현

예쁜 버찌
한 접시
오래전 먹던
새콤한 맛

옛 맛은
아니었지만
향수가
모락모락

꽃이 피어나듯
뾰족 바구니
접은 모양

종이 고깔모자에
담아 먹던 그 맛
순했던 이웃들

한 줌 따주었던
옛 시절 그것이
마음 밭
선한 끈이었다는걸.

찔레꽃 / 강지현

늦은 봄이
될 때쯤이면
하얀 꽃송이들로
이곳저곳 산등선
오솔길에
흰 눈이 솔솔 꽃피운다.

온 동네는
향기로움에 젖어
꼬맹이들 와르르
올망졸망 모여
따가운 줄 모른 체
덩굴 안쪽 손을 넣어
꽃잎 따다 입안 한가득
채우던 곳

오월이 되면
찔레꽃 향은
어미의 품속 같은
그윽한
향기가 묻어난 추억 속
내 고향 그리움이랄까.

詩人 고연주

(사)창작문학예술인협의회 회원
대한문인협회 인천지회 정회원
가온문학회 홍보부장
시상문학회원

대한문학세계 신인문학상 수상
우리말 매일 사행 시 짓기 으뜸상 수상
2018년 지하철 스크린도어 시 공모 (풀꽃 기도) 선정

시집 "사랑하니까", "아파도 괜찮아"

공저 : "흔들리지 않는 섬", "꽃잎에 시를 쓰다", "시상 문학" 등 다수

세광 식물원 대표
북카페 사랑하니까 대표
E-mail : 8168522@hanmail.net

노을 / 고연주

노을은 어찌 다가오나요.
파도가 제 몸 부숴 부르는
노래는 어찌 들리나요?
낮달을 마주하니
마음 풀어헤쳐 가져온 노을
저 능선 너머로
바람이 구름 몰아
등에 업은 밤이 되니
한 때의 슬픔도 속절없고
한 때의 기쁨도 속절없이
노을과 떠나겠다니.

반달 / 고연주

내 가슴속에
반달이 떠 있고

그대 그리는 마음으로
나머지 반쪽 채웠네.

깊어가는 이 밤에
캄캄한 내 가슴속을 비춰 주는 그대

나는 그 그리움 모아
둥근 달을 만들었네.

시간을 잃어버린 목련 / 고연주

창문 틈으로
여린 햇살 드리운다.
수런수런 소리에 내다보니
눈 마주친 하얀 목련

어느 사월에 서두른 봄은
사춘기 꽃봉오리 웃음을 앗아갔다
눈길 떠난 지 다섯 해
너희의 환한 웃음을 이젠 찾을 수 없다.

시간 멈춘 노랑나비
봄이 왔다고 말해도
물에 젖은 날개는
꽃향기 맞지 못한 채
마음으로 피어난다.

이제 떠나보내려 하니
사월에 지는 목련은
어느 해 태풍에 꺾인 절름발이다.

얼룩 / 고연주

세월을 머금은
양철지붕에
요란한 새벽 빗소리
물통 타고 봄이 찾아들고
소소리바람에
풋풋한 사월의 꽃이
기웃하다 여름을 향한다.

꽃길도 잠시
무뚝뚝한 중년 남자의
먹구름을 품고 있던 언어
장대비를 쏟아내니
모내기 끝낸
마음속 논두렁길 넘긴다.

가슴 깊이 고여
응어리 된 말은
채 마르기 전 얼룩이 되어
섬세한 손길로
꽃을 어루만지지만
야위어간다.

꽃 진 자리 아팠던 말
머지않아 토해내면
내 상처인 양 애처롭게 보듬는다.

꽃의 몰락 / 고연주

하루해가 간다

너는 가시 없는 꽃으로
환한 웃음 주었지
꽃 핀 자리 계절 따라
추억 만들어 놓고 잊으라 한다.

네 향기
아득한 별까지 거리에 두고
잊은 줄 알았지
계절이 몇 번 바뀌어
꽃은 피고 지고
꽃 진 자리 때론 짝사랑 같은
서러운 눈빛도 한없이
곱디고운 흔적이었지

아직도 보름달은
정원 내 창을 들여다보고
처음 네 여린 꽃잎은
눈 감으면 귓속말을 하지
이젠 다시 올 수 없다고
슬픈 말을 하지.

기약 없는 만남 / 고연주

불현듯 보고 싶어
네 안부를 묻는다.
빛바랜 앨범 속
네 미소가 또렷해지고
밤과 낮의 긴 여정 속
강을 사이에 두고
너와 내가 흐른다.

강물이 머물러
바다에 이르지 못하면
별빛 찬연한 보고픔도 시들고
아침저녁 들리는 안부마저
툇마루에서 멈춘다.

끊임없이 흘러
두 강이 바다에서 만나듯
너와 나 여울져
피안에 기꺼이 들어서게 된다.
바다에 이르러서야
추억하게 되는 강
우리 못다 한 흘러온 이야기
바다에서 풀어보자.

일탈과 해탈 사이 / 고연주

제멋대로 가로질러
샛길로 가는 바람도
그만의 길이 있다.

혹한 지나 꽃샘 걸음
멈출 줄 모르고
부딪히고 꺾여도
덩치 커진 바람
겁 없이 내 마음 흔든다.

꽃향기에 일탈 꿈꾸며
경계를 넘는 헛된 마음
목울음 달래고
선홍빛 꽃망울 터트려
나만의 향기 지닌다.

꽃바람

詩人 **김경철**

대한문학세계 시 부문 등단
(사)창작문학예술인협의회 회원
대한문인협회 인천지회 정회원

❀ 시작노트

사랑을 모르던 바보가
사랑을 알게 되었고
사랑의 상처를 긁적이다
사랑의 기쁨을 알고
사랑을 하려고 합니다.

사랑은 어렵고
사랑을 모르는 바보지만
사랑을 배우며
사랑을 쓰는
시인이 되겠습니다.

바본가 봐 / 김경철

사랑을
할까
말까

아직도
모르겠어
넌
사랑을 아니

알면
좀
가르쳐 줄래

그렇게도
많이 사랑하고
그렇게도
많이 상처받았는데
여전히 모르니

나
진짜 바본가 봐

첫 만남의 설렘 / 김경철

약속 시각은 다가오고
콩닥콩닥 뛰는 가슴은
쉬 멈추지 않는다

어떻게 보일까
첫인상이
뭐라고 말을 할까
안녕

머리는
한 대를 맞은 듯 멍해지고
생각도 나지 않는다

마음 한구석은
좋다는 말에 웃고
이야기꽃도
활짝 피우고 싶다

사진으로 시작된 만남
일 분 일 초도
모르는 인생이지만
손잡고 같이 가고 싶다

그리될까

붉은 피멍 / 김경철

흐려진 하늘에서
슬그머니
내리는 빗방울

살랑살랑 부는
여름 바람과 함께
춤을 추던 장미에게
톡톡 건드리며
시비를 건다

거듭된 횟수에
한 잎
두 잎
떨어지는
장미의 붉은 눈물

멍하니 있던 대지
흐느끼며 내리는
붉은 눈물에
피멍처럼 물들이고

촉촉하게 내리는
빗방울을
말없이 안아 준다.

뛰는 심장에 남을지라도 / 김경철

다치고
또
다쳐도 한다

왜냐고
그건
바보이기에
또
한다
너랑 같이

손잡고
다시
시작해본다
사랑을

또
상처가
쿵쾅거리며
뛰는 심장에 남을지라도.

알 수 있을까 / 김경철

알아도
알아도
모르는 것이
사람이고

또
모르니
알기 위해서
사람을 만난다

마치
어려운 숙제인 양
까도
까도
알 수 없는 것이
사람의 마음

시간이 지나면
알 수 있을까
사람도
사랑도

우정 / 김경철

실수를 해도
기억은
오래
담아 두지 않고

서로의 허물을
어루만지며
고스란히 덮어버린
실수는
기억에서 잊어버린다

앙숙인 양
아침 인사 대신
으르렁대며
하루를 시작하지만

끓이면 끓일수록
우러나오는 진국처럼
진하게 우러난
우정의 맛을
꼭
맛보고 싶다

봄은 깊어가고 / 김경철

따사로운 햇살
살랑거리며
부는 봄바람에
나무가 흔들린다

하늘로 오르는
하얀 꽃잎 노란 꽃잎
서로 싸우다
피멍이 든
빨간 꽃잎만 떨어진다

파란 꽃잎 보라 꽃잎
어디서 왔는지
고개를 내밀다가
날아오는 하얀 꽃잎에
한 대 맞고는
기절한 채 떨어진다

봄은 깊어가고
보이지도 않던 여름이
팔을 걷어 올리며
땀 흘릴 준비 하라고
선방을 날린다.

詩人 **김만석**

대한문학세계 시 부문 등단
(사)창작문학예술인협의회 회원
대한문인협회 인천지회 정회원
대한문인협회 인천지회
　　향토문학상 경연대회 동상(2019)

내 작은 영혼 부스스 잠 깨어
오늘을 마신다

잠시 왔다가 사라지는
아침이슬처럼

오월에는 / 김만석

오월에는 장미꽃이 핀다
너도 피었으면 좋겠다

오월에는 장미꽃처럼 피어나
곱고 향기로웠으면 좋겠다

오월에는 우리 모두
향기로운 꽃으로 피어나

희뿌연 회색 도시를 덮었으면
참 좋겠다.

동심 속으로 / 김만석

산딸기 익어가는 청산에
마음 한 자락 누이면

참매미 목청 높여
파란 하늘을 노래하고

늘어진 청솔 사이로 흘러가는
구름 한 점 평화롭다

멀리 뻐꾸기 울음소리
메아리로 돌아오면

들풀 향기 굴러와
유년 시절 추억 속에 잠긴다.

그리워도 넘지 못하는 동산 / 김만석

높은 산 앞을 가려도
그대에게 가 보련만

긴 강이 길을 막아도
그대에게 가 보련만

내 안에 작은 동산을 넘지
못합니다

하루에도 몇 번씩 올라 보지만
그대에게 갈 수 없습니다.

환생 / 김만석

안개 너머 저쪽
캄캄한 어둠 속에서 던져주는
인간이란 옷 한 벌 걸쳐 입고
부스스 눈 뜨니
앞 못 보는 장님 세상

아!
눈물의 절규는 웅크린 하늘에
분수처럼 퍼져 오르고
어쩔 수 없는 체념의 시간으로
순응한다

금생에서 던져주는
빵 부스러기를 눈물로 삼키고
삶의 가지마다 파랗게 흔들어대는
고독을 뉘어야 한다

아픔이 출렁이는 어둠의 골짜기를
쉼 없이 걸어야 하고
날 서린 빌딩 숲을 뛰어야 한다.

덧없는 세월 / 김만석

그 무엇이 드리워 놓았나
알 수 없는 신비의 새벽

내 작은 영혼 부스스 잠 깨어
오늘을 마신다

잠시 왔다가 사라지는
아침이슬처럼

바람 불어 밀려왔다가
떠나가는 한 점 구름처럼

덧없는 내 작은 마음 밭에
또 하나의 세월을 심어보자.

동해바다 / 김만석

수평선 저 멀리
바다가 하늘을 만나는 곳

하얀 포말이 부서지는
우윳빛 바다가 춤추는 곳

이른 아침부터
윈드서핑을 즐기는

푸른 젊음은
낭만을 노래하고

갈매기 바다 위를 나르며 춤춘다.

홀로 앉은 그림자 / 김만석

심산유곡 외딴집 앞마당
산새 노닐다 떠나간 자리

모락모락 연기 피워 모기 쫓고
돗자리 깔아 길게 누우면

밤하늘 빼곡히 은하수 흐르고
똥개 한 마리
말없이 세상을 내려다본다

귀뚜라미, 풀벌레
덧없는 세월에 울고

밤이슬 소리 없이
홀로 누인 가슴을 적시고 깊어간다.

꽃바람

詩人 김선옥

(사)창작문학예술인협의회 회원
대한문인협회 인천지회 정회원
한국예인문학 사무국장

동인지 다수
시집 "함지박 사랑" 외 4권

❧ 시작노트

물방개 물무늬 그려가듯
그렇게 호숫가를 맴돌았습니다.

그리고 물수제비 뜨듯이
한줄 한줄 써 내려가는
어설픈 마음의 고백을 담습니다.

채무자의 양심 / 김선옥

삼성리 회관 앞
불침번 서는 가로등 잠깐 졸고 있는 사이
누구인지 양심을 놓고 갔다

하얀 도포에 상투 틀어 올린
그 양반, 가리지 않고 먹었는지
탱탱하게 불룩한 배는 소화 불량인지
옆구리로 배설물이 줄줄 샌다

벽면에 빨간 글씨로
"버려진 양심 가져가시오"라고
쓰인 글씨가
"인생의 종착역이니 내리시오"로 보였다

순간, 평생 버거웠던 삶 속에
허접스레 버려졌을 양심을 주워
하나, 둘 밑줄을 그어 본다

돌이킬 수만 있다면
머릿속에 새겨진 버려졌던 양심
말갛게 헹구어 하현달 지듯 그렇게
아무런 빚 없이 떠나고 싶다.

꼴뚜기의 항변 / 김선옥

뼈대 있는 집안이라고
대들보를 등에 지고 다니는
갑오징어를 보면서
볼품없고 내세울 것 없지만
문어 대왕 앞에서도
기죽지 않는 뚝심으로 산다

당당해라
배짱도 쥐뿔도 모르면서
어물전 망신 꼴뚜기라고
얕잡아보며
거들먹거리는 너
졸부 꼴값인걸 아느냐

잔디를 태우며 / 김선옥

한여름
초록빛 융단 같은 잔디
뭉개고 밟혀 끝내
얼굴색이 누렇게 떠도
상관하지 않는

찬 서리 온갖 눈비 다 견디며
칼바람도 지켜내고
봄맞이하기 전
집 안팎 대청소하듯
구석구석 까맣게 태우며
가슴에 품은 자식들 보듬는다

저 하얀 연기는
자신의 몸 사르며
천만 번 불 속에서 죽을지라도
자양분 되어 부디 고운 싹으로
태어나길 빌며 한 올씩 엮어 올리는
어머니의 향불

고구마를 심으며 / 김선옥

다산왕이던 울 엄마
막달 고구마 두둑 갈라지듯
뱃가죽은 쩍쩍 금이 가고
배가 꺼질 줄 몰랐지

굴비 반 두름도 모자라
조카 둘을 더 보태어
보듬어 주시며 함함하다 하셨지

늦둥이 안쓰러워 품에 안고
마른 젖 빨리던 앙상한 뼈마디
얼굴이 누렇게 떠도
토실하게 커 주기 바라는 마음은
인간이 아니라고 어찌 다르랴

리모델링 / 김선옥

칠십 년 전에 지어진 시골 한옥집
대들보가 무너져 내릴 것 같아 중간을 잘라내고
새것으로 갈아 끼웠다
서까래도 부실하여 군데군데 갈아 내고
삐그덕 거리는 문짝도 바꾸었다
새집같이 되었다

온몸이 쑤신다
칠십 평생 지, 정, 의가 사는 집이 고장 났다.
병원에 갔다
신축은 못 하니
보수공사를 하라고 한다
수선할 데가 많은가 보다
유효기간이 다 된 것이다

안과에 갔다
눈을 갈아 끼울 수 없으니
눈알을 대신할 눈을 덧대라 한다.
오장육부도 좌충우돌 직전이란다
욕심내며 마구 구겨 넣었으니
헐거워진 지퍼처럼 늘어진 것들
두껍아, 두껍아
헌 집 줄게 새집 다오
어릴 적 모래성을 쌓으며 부르던
그 노래가 뇌리를 스친다.

낙화 / 김선옥

끝없는 망설임
물러날 때를 알아
자리를 내어주며 애달파 마라
더 이상의 미련을 묶지 마라
진자리에 생명을 안고
또 다른 이가
기다리고 있지 않은가?

한 잎 꽃잎 속에
수많은 이야기를 품고
가야 할 때
떠나는 것은 아름다운
그리움이거늘
지나간 한나절은 속절없는
한순간뿐

가슴의 울림 같은
아릿한 아픔은
하롱하롱
꽃잎 떨어지는 소리였네

교동도 시계 수리 방 / 김선옥

세월도 비켜 갔던 교동도
석모도를 거쳐 강화도로 나가야만 했던
외진 섬
지금은 한 발에 건널 수 있는 대교가 놓여
실향민들의 이야기를 먹고 사는
대룡 시장 골목에 도장도 파주고
고장 난 시계를 고쳐주던 시계 수리 방

시간이 시계 수리점만큼은 비켜 갈 수 없었는지
2016년 4월에 시계 소리 멈추었다. 다만 지금은
대룡 시장의 명장이라는 명패가 붙어 있는
황세환 밀랍 인형이 시계방을 지키고 있을 뿐
추억이 그리워 찾아오는 사람들의
발소리가 시계 똑딱 소리를 대신한다.

꽃바람

詩人 *김수용*

제물포고 졸, 중앙대학교 졸업
대한문학세계 시 부문 등단
(사)창작문학예술인협의회 회원
대한문인협회 인천지회 정회원
시인들의 샘터문학 자문위원
한국문인 그룹 회원

백제문단, 숭실문학 회원
사계속 시와 사진 이야기 그룹 회원
공저 : 시인들의 샘터 문학 "사랑 그 이름으로 아름다웠다"
"아리아, 자작나무 숲 시가 흐르다"
"사립문에 걸친 달그림자", "문학 어울림2" 등
가곡 작시 : "미련"

춘몽(春夢) / 김수용

만월산 골짜기 휘돌아
세차게 불어오는
쌀쌀한 겨울바람은

텅 빈 가슴을
더욱 아리게 하고

봄을 애타게 기다리는
시인의 마음마저
고독의 늪에 빠지게 한다

앙상한 가지 위에 피어있는
하얀 눈꽃은
매정한 삭풍에 생을 다하고

꿈에라도 화사한
봄의 향연을 갈망하는
욕심 많은 시인의 펜 끝은
아무런 말 없이
멍하니 하늘만 바라본다

그렇게 겨울은
슬픈 사연 가득 안은 채
점점 깊어만 간다.

숲 속으로 달려간다 / 김수용

새벽부터 휘몰아친
세찬 비바람에
촉촉한 아카시아 꽃잎
하나둘 떨어지고

때 이른 작별 인사에
못다 한 사랑 가득
상처만 남았을 뿐이라며

짧았던 인연이었지만
잊을 수 없노라고
이렇게 떠날 수 없노라고

마지막 남은 꽃잎의
힘겨운 춤사위에
향기마저 사라지니

앙상한 가지 서걱서걱
흐느껴 우는
아카시아 숲속에서
그리움이 나를 부른다

가던 걸음 멈추고
숲속으로 달려간다.

6월이 오면 / 김수용

남도 바닷가 마을에
6월이 오면
청포도 익어가는 소리
사각사각 들리고

금계국, 개망초 활짝 핀
굽이굽이 실개천 따라
빗장 열고 비상하는
풀벌레들의 유영

청보리 노랗게 익어가는
푸르른 들녘에는
청아한 뻐꾸기 소리
은은하게 울려 퍼지고

엄마의 고운 숨소리
살포시 귓전을 맴도는
남도 바닷가 마을
그리운 내 고향

오월의 푸르름이여 / 김수용

짝 잃은 소쩍새
밤새워 슬피 우는
오월이 오면

달빛 창가에 머문
라일락꽃 고운 향기는
떠날 줄 모르고

소담스레 휘날리는
아카시아 꽃잎
순백의 춤사위에
하얀 밤을
홀로 지새운다

달빛 곱게 물든 가야금의
매혹적인 붉은 선율은
방황하는 시인의
엷은 시심마저 자극하니

아, 오월의 푸르름은
더욱 깊어만 가는구나!

낙엽을 밟으며 / 김수용

가을이 오면
떨어지는 낙엽을 밟으며
사랑을 속삭이고

뜻하지 않은 이별에
눈물도 흘리며
가슴 아린 사랑 이야기를
노래한다

잎새를 스치는 갈바람과
고독한 시인의
가슴 시린 사랑 이야기는
한 편의 시가 되고 추억이 된다

애타는 간절한 사랑도
가을 앞엔 어쩔 수 없나 보다

생을 마쳐지고야 마는

낙엽마저도
저리도 서럽다 울고 있으니

도도했던 그대여 / 김수용

하얀 백합화보다도
순결하였고
붉은 장미보다도
언제나 화사했던 그대여!

도도했던 그 아름다움도
흐르는 세월만큼은
어쩔 수가 없었나 보다

길고도 모진 풍파 속에
범접할 수 없었던
양귀비의 고운 자태는
사라져 버렸으니

회한의 고독이 담겨있는 눈가에
서러움 가득한 잔주름만
애써 아름답구나!

이별 / 김수용

하얀 물안개 피어나는
스산한 호숫가
이슬방울 머금은 풀잎
봄바람에 흩어지고

고즈넉한 벤치 위에
뒹구는 꽃잎은
이별의 서러움에
갈 길을 찾지 못한다

봄비 속에 울던 갈대
그리움에 애가 타고
봄 향기 떠나 버린 자리
쓸쓸함만 남았으니

임 만난 휘파람새만
사랑을 노래한다.

詩人 김연식

대한문학세계 시 부문 등단
(사)창작문학예술인협의회 회원
대한문인협회 인천지회 기획차장

〈수상〉
대한문학세계 신인문학상 수상
2018년 향토문학상 은상
2018년 한국청소년 신문사 최우수상
도전 한국인 운동본부 문화예술 지도사 대상

🦋 시작노트

남자라서 외롭고 슬프고 힘들어도
울지 못하여 하늘을 봅니다.
그리고 하늘에 속삭인 마음을 백지에 적어 봅니다.

희망 / 김연식

포기 마라
하늘이 무너지고 땅이 꺼져도
신의 손길 그대를 위할 것이다

눈을 떠라
떠지지 않으면 벌리고
붙어 있으면 칼로 찢어 세상을 보자.

빛을 보라
가슴 터지게 소리를 질러라

심장 뛰고 있는 순간
살아 있음이며 일 초의 순간에도
기회는 지나간다.

어둠은 죽음이다
어둠은 방황이다.
빛을 향하여 질주하라

벗어나라 어둠은 잠깐이다.
태양이 뜰 것이니 참고 견디자
굳은 신념은 어둠을 거둘 것이다.

인간 시장 / 김연식

어둠을 지나온 육체는 만신창이다
정신까지 희미하다
무엇을 얻으려 어두운 밤길 재촉하였나.
허기진 뱃가죽만 쓰다듬는다.

멀어지는 기억의 모든 것들
모든 것이 연 때문이다
인연을 버려야 하나
인연을 끊어야 하는가.

내 속에 살아있는 백색의 희망과
암흑의 절망
선택을 하기 위해 야바위꾼
홀림을 선택하듯 삶의 기로에 서 있다

새벽녘 진열된 생선처럼
인력시장 진열된 사람들
덜 깬 술기운, 싱싱해 보이려
눈을 크게 뜨고 어깨에 허망한 뽕도 넣는다.

팔려야 사는 게
한두 명이겠냐만 몸은 삭아가도
웃어주는 혈육 있어 얼마나 다행이냐
팔리지 못한 이들 모습 살아도 산 게 아니다.

이별의 상처 / 김연식

진한 고통
살갗 피보다 진한 무색의 혈
가슴에서 시작하여 눈으로
꾸역꾸역 흐른다.

훗날
미련이나
추억 아닌 사라지지 않는
흉터로 울컥울컥 진물 흐르겠지만.

그대가 내 애인이면 좋겠다 / 김연식

문득 외로울 때 당신을 생각하고 싶다
푸른 하늘처럼 맑은 눈동자 하나만으로
당신을 기억하고 싶다
세월에 찌들어 많은 것 담고 있을지라도 그러고 싶다

봄바람 살랑여도 미소하나 없어도 좋겠다
이미 보여준 당신의 미소가 내 가슴
식히려면 족히 몇 백 년 지날 테니까
순백의 미소 농염하지 않아서 더 뜨거운 사람

순정 만화 속 주인공 되어 당신을 사랑하고 싶다
슬프면 슬퍼하고 기쁘면 웃으면서
화들짝 품에 안고 그대의 숨 속에 향기를
내 숨 안에 가두고 싶다

눈빛 하나로 임과 하나가 되고 싶다
깜박이는 눈동자에 전율을 느끼는
사랑을 하고 싶다
달싹이는 입술에도 오르가슴을 느끼게 하는
그대의 애인이 되고 싶다.

경칩 / 김연식

입을 열어 울어 보려 해도
패대기쳐질까 두려워 꼭꼭 숨겨둔 말
개굴개굴.

사랑 참 나쁘다 / 김연식

임이야
떠나가도
남는 것 하나 있네

내게 남겨두고 간 사랑이야
반품도 할 수 없는 사랑
남겨 두었어

잊으려면 아프고
버리려면 다시 돌아오는
그대 남기고 간 찌끄러기 사랑.

옥시기 / 김연식

이빨 하나 빠질 때마다
당신은 좋겠지
고소하겠지
난 아프다

당신이 씹을 때면 아파서
미친다.
홀딱 벗겨서 뜨겁게 삶더니
내 살점 맛있다 씹어 대니
난 아프다

씹어라 먹어라
너의 목에서 반항하다
안되면 너의 후장에서
똥줄 움켜잡고 끝장을 내줄 테니.

詩人 **김정원**

충남 서산 출생

인천 거주

대한문학세계 시 부문 등단

(사)창작문학예술인협의회 회원

대한문인협회 인천지회 정회원

현대 시선 작가협회 회원

2016년 올해의 작가상 수상

2017년 한 줄 詩 짓기 공모전동상 수상

2018년 제1회 현대 시선 시담 문학 대상 수상

공저 : 꽃잎 편지, 가을 편지, 수레바퀴, 텃밭, 다수

시집 "당신은 사랑입니다" 출간

고마워요 / 김정원

괜한 투정으로
당신 마음 힘들게 할 때나

생각 없이 내뱉은
말 한마디로
당신 가슴에 깊은 상처를
안겨줄 때도
애써 웃음 지으며
따뜻하게 안아주는 사람

이 세상에서
당신만큼
나를 사랑해주는 이가
또 있을까요

언제나
한결같은 마음으로
내 곁에서
힘이 되어주는 당신
고마워요.

늘 처음처럼 / 김정원

늘 처음처럼
그곳에 있어 주면 좋겠다

백 년이 지난 후에도
변함없이 한 자리에 서 있는
푸르른 소나무와 같이

한결같은 모습 그대로
나를 지켜주는
당신이었으면 좋겠다

언제나 지금처럼
내 옆에 있어 주면 좋겠다

이 세상의 모든 것이
다 변한다 해도
내가 사랑하는 당신만은

늘 처음처럼
그곳에서 영원히
머물러 주었으면 좋겠다.

당신이라서 / 김정원

당신이라서
그냥 생각만 해도 좋은
당신이라서
내 마음이 너무나 행복합니다

보고 또 봐도
보고 싶은 당신이라서
삶의 고달픔도
잊은 채 당신을 생각합니다

당신과 함께하는
모든 순간들은
먼 훗날 미소 지며
꺼내 볼 수 있는 일기장에
예쁜 추억으로 하나둘
차곡히 쌓여가고 있습니다

돌같이 굳게 닫힌 마음을
허물어준 사람
메마른 가슴에 촉촉이 사랑의
단비를 내려 준 사람
그 사람이 당신이라서
당신이라서 고맙습니다.

내가 그대를 좋아해요 / 김정원

아직도 난
사랑이 뭔지 몰라요
그냥 그대를 좋아해요

잠시라도
그대 생각에 잠길 때면
철없는 아이처럼
웃을 수 있어서 좋고

어둠이 깃든
까만 밤이 찾아와도
그대 모습 꿈속에라도
볼 수 있으니 행복해요

보고 싶은 사람 / 김정원

계절은 돌아서
다시 또 그 자리
세월이 흘러도 머릿속에는
더욱 또렷이 생각나는
보고 싶은 사람

행여 꿈에라도 찾아올까
밤마다 잠 못 이루며
하루 같이 기다려지는 사람

오늘은 소식이 오려나
온종일 전화벨 소리에
귀 기울이지만
여전히 무소식을 전하는
야속한 사람

애타는 이 마음을
아는지 모르는지 아무런
기별도 없는 무정한 사람.

그대는 알까 / 김정원

시도 때도 없이
보고 싶고 생각나고

지금은
무엇을 할까 궁금하고

항상
그대와 함께 있고 싶은

어린아이 같은
내 맘을 그대는 알까

죽을 만큼
그대를 그리워하고

어디가 아픈
곳은 없는지 걱정되고

이렇듯 그대
곁에만 머물고 싶은

간절한 나의
소망을 그대는 알까.

내 사랑은 / 김정원

갈색 커피의
부드러운 향기처럼
진한 그리움으로
행복을 주는
가을을 닮은 내 사랑

하루에도 여러 번
내 맘에 들어와 싱그런
꽃잎 향기로 달콤한
사랑을 속삭여 주는
솜사탕 같은 사람

내 사랑은
이 세상에 존재하는
단 하나의 사랑
보물처럼 꼭꼭 숨겨져
보이지 않는 사랑입니다.

詩人 김정호

인천 거주
대한창작문예대학 졸업
세종대학 영어영문 4년 수료
(사)창작문학예술인협의회 회원
대한문인협회 인천지회 정회원

〈수상〉
대한문학세계 신인문학상 수상
대한창작문예대학 졸업 작품 경연대회 동상
문예창작 지도자 자격 취득

❧ 시작노트

고단한 삶에 붓끝을 적시어 또, 다른 이면에 흔들리고 있는 나의
허름한 꿈을 바람보다 더 빠르게 호수에 그리고 싶다 실질적인
삶의 바탕에서 "주제"를 찾는 시인이 되고 싶다

게거품을 무는 이유 / 김정호

나의 영혼이
판도라 상자에 갇히어
떨어지는 햇살을 그리워합니다.

젊음의 혈기가
성공의 나래를 달고 빙빙
꿈속을 비행합니다.

문득 맨살을 드러낸 갯벌에
홀로 게거품을 무는
한 마리의 능쟁이가 커 보입니다.

바닷물이 파도치어 오를 때
거품이 생기는 이유가
인생이란 것을 뒤에야 알았습니다.

엄마의 정원 / 김정호

톡 터진 주머니 속
여섯개의 봉선화 씨앗은
엄마의 장독대 정원을 향해
데굴데굴 구른다.

단단한 씨앗 속
가족의 행복을 담고
피고 지는 봉선화꽃처럼
다닥다닥 담겨 있다.

톡 터진 주머니 속
손에 손을 잡고
엄마의 손때 묻힌 석류 알갱이는
가족의 사랑처럼 엉겨 있다.

엉겨 있는 알갱이 속
다정함이 손에 손을 잡고
엄마의 치마폭에 엉겨 있는
따뜻한 사랑처럼 담겨 있다.

사랑의 소리 / 김정호

찔끔찔끔 흘리는
하늘의 바짓가랑이는
들꽃의 아우성에 화들짝 놀라
지퍼를 열고 말았습니다.

투덕투덕 사랑의 소릴 지르며
7월의 시샘 속으로
원을 그리며 떠나는
빗방울 소리는 꿈이 있습니다.

메마른 아스팔트 위
사랑의 하트를 터트리며
꿈이 있는 바다로
방울방울 여행을 떠납니다.

까치 울음소리 들리는 아침
추적추적 내리는 빗소리는
여인의 하얀 속치마처럼
행복을 꿈꾸는 사랑의 소리입니다.

하얀 속치마 : 소엽 풍란의 꽃을 비유함

얼굴 / 김정호

비 내리는 아침
비둘기의 얼굴에서
그리운 엄니의 얼굴을
보았습니다.

벙거지를 쓰고 매우 추운 듯
웃는 얼굴에는
찡그린 코가 있습니다.

어떤 모습으로 다가가야
웃는 눈썹으로 만들까
고민을 하고 있습니다.

비 오는 날
찡그러진 내 미간을
청순함으로 달굽니다.
행복은 자신이 만드는 것이라고

가우도(駕牛島)에서 멍에를 벗고 / 김정호

쪽빛의 새파란 도화지 위에
망사처럼 구멍 난 삶의 매듭을
한 땀씩 수놓은 돛단배는
항해의 꿈을 꾸고 있다.

상처 난 삶을 그려 놓은 듯
탁한 물 위에 외롭게 떠 있는
할퀸 조각배 한 척
희망의 닻을 올리고 있다.

수평선 끝에 펼쳐진 희망은
한 점 뭉게구름 되어
광활한 바다 위를 나르는
갈매기의 꿈처럼 피어오른다.

가우도의 출렁다리 카페에 앉아
한 잔의 에스프레소를 마시며
쉼 없이 달려온 삶을 돌아보고
다가올 삶의 멍에를 벗고 싶다.

허름한 꿈 / 김정호

호수에 담긴 파란 하늘은
두 팔 벌려 날 반기고
소나무는 사시사철 변함없이
무표정한 채 위상을 자랑하고

보이는 산천은 조화를 이룬 듯하나
내 삶의 비바람을 닮은 수채화는
어느 한구석 허접한 채
잔잔한 호수에 잠이 들었다.

세월의 더께가 켜켜이 앉은 껍질을
온몸에 휘감은 소나무는
고즈넉한 삶의 돛단배 한 척을
흐릿한 그림자 위에 띄우고

고단한 삶에 붓끝을 적시어
또, 다른 이면에 흔들리고 있는
나의 허름한 꿈을
호수에 바람보다 빠르게 그리고 싶다.

돌단풍과 나 / 김정호

꽃은
단풍잎을 닮은 검버섯이
내 얼굴에 꽃 피울까 걱정스러운
환한 웃음으로

나는
피고 있는 꽃을 보며
피우지 못했던 삶의 그림자와
웃음을 함께하고 있다.

꽃은 나에게로
미소는 봉오리로
삶의 수평선 위에
눈 맞춤의 정점을 찍어

널 보아줄 수 있는 나
날 위해 피워 줄 수 있는 너
시린 아침에 한 줌의 햇살로
서로 사랑을 하고 있다.

詩人 김희영

(사)창작문학예술인협의회 이사
대한문인협회 인천지회 정회원
순우리말 글짓기 공모전 대상
짧은 시 짓기 대상
명인명시 특선시인선 4회 선정

저서 : "시간 속에 갇힌 여백"

홀로 걷는 길 위에
그림자 벗 되어
함께하는 발걸음
그대가 있어 고달픈
삶의 끝자락이
따뜻한 위로가 됩니다.

그대,
오늘도 안녕하신가요.

눈 내리는 고향의 봄 / 김희영

연둣빛 봄 위에
하얀 눈송이 사드락사드락 내리면
청솔가지 맵사하게 타는 내음
고향의 밤사이로 흐른다.

순동이 꼬리 흔들며
부엌을 서성이면
타닥타닥 타는 아궁이에
어머니의 손맛은 익어가고

저녁밥 내음
솔향기에 젖은 고향 내음
따뜻한 아랫목에서 피는
웃음 꽃송이에

옛이야기 춤추는
행복한 내음
어머니의 미소 무르익는
푸르도록 하얀 밤.

잠자리 찾아 든 새들의 부산함에
소리 없이 쌓이는
눈송이도 애처로워 흐느끼는 봄.
공허한 그리움만이
고향 집 마당을 가득 채운다.

삶으로 가는 동행 / 김희영

봄 그늘 저물어 가는
초록 물결 벗 삼아
안부를 묻습니다.
그대,
안녕하신가요.

바람이 머물다 지나는 곳에
봉우리 일렁이며
지상에서의 작별을 고할 때
먼 곳의 그리움인 양
생각나는 얼굴
여전히 행복하신가요.

시간의 틈새에 흐르는
고요한 흔들림
공간을 넘나드는
소요한 적막
노을을 향해 걷다

문득 뒤돌아본
산 그늘에서
애처롭게 흔들리는 모습
오늘도 외로우신가요.

홀로 걷는 길 위에
그림자 벗 되어
함께하는 발걸음
그대가 있어 고달픈
삶의 끝자락이
따뜻한 위로가 됩니다.

그대,
오늘도 안녕하신가요.

가까이 가는 길 / 김희영

짙은 어둠 속에서
빛을 향해 숲을 헤치고
당신에게 나아갑니다.

당신은 빛 가운데 서 계시고
고난과 험난한 어둠 속에서
말씀의 고귀한 구절은
찬란한 빛이 됩니다.

슬픔과 괴로움과

인내가 필요한 곳엔
언제나 당신의 가시

면류관에서 흐르는
핏빛 사랑이 함께 합니다.

당신을 향해 오늘도 한 발짝
어둠의 숲속을 걷습니다.
멀고 험한 길일지라도
내딛는 발걸음마다

고난 일지라도

가까이 다가서고 있음을
이제는 압니다.
언제나 빛으로 손 내미시는
당신 곁으로 오늘
한 발짝 더 나아갑니다.

여정 / 김희영

운동화 끈 질끈 매고
나서는 긴 여행길
지나간 세월은 발끝에 머물고
힘찬 발걸음 끝에 내일이 숨 쉰다.

시간과 시간의 틈새를 날아
적도에 이르는 때
어제의 겨울이
오늘의 여름이 되어
덤으로 얻은
내 생에 가장 푸른 계절

발걸음은
셋 푸른 하늘을 거닐고
가슴은
드넓은 바다를 헤엄치련만
보이는 것은
하얀 눈이 소복소복 쌓이는
그대가 머문 하늘
한시도 잊힐 리 없는
자그만 집의 하얀 그리움

아름다운 바람도

설레는 꽃향기도

시린 바람결에 흩날리며

눈꽃 피우는 그 하늘 아래

그대의 웃음꽃보다

향기롭지 않고

아름답지 않다는 것을

먼 곳에 와서 그리움으로 안다.

詩人 류향진

대한문학세계 시 부문 등단
(사)창작문학예술인협의회 회원
대한문인협회 정회원
대한문인협회 인천지회 정회원
문학어울림 회원
동인시집 : 텃밭 9호, 10호, 11호 공저
동인시집 : 어울림 2 공저

꽃이고 싶던 날이 있었다.
봄이 멀리에 있어도
마음엔 꽃물이 마르지 않던
그런 날이 있었다.

보는 이 없어도
저절로 바람을 몰고 와
꽃향기 피우던
그런 날이 있었다.

별빛 / 류향진

손 뻗으면 닿을 수 있을 것만 같은
밤하늘에
머리를 흔들면 쏟아져 내릴 듯
눈이 부신 별빛의 물결

가을별은 그리도 선명하게 빛나고
가을바람은 그리도 마음 흔드니
갈 곳 잃은 발길이
어디에서든 머물지 못할까!

사방에
가슴 시리도록 쓸쓸하고도 부드러운
별빛 가득하니
어디로 가야 할지 알 수 없어

오늘 밤은
수많은 별 중에
아주 작아서 바람조차 닿을 수 없을 것 같은
푸른 별빛에 머물고 있다.

달 / 류향진

쉬지 않고 걷다가
하늘을 보면
달은 머리 위에서 빛나고

달아나 보려 더 빨리 걷다가
하늘을 보아도
달은 머리 위에서 웃고 있으니

어디 숨을 곳 있을까?
내 마음 이미
달에 잠긴 것을.

물결 / 류향진

해 질 녘 바이올린 소리처럼
가슴 깊은 곳에서
물결치는 느낌

펼쳐지면 책갈피 속 꽃잎처럼
바람 따라 훨훨
날아갈세라

차라리 잊어
찾을 수조차 없는 그곳에
묻어두어도

한밤의 바이올린 울림처럼
가슴을 뒤흔들고
피어나는 느낌

흘러가면 흘러가는 대로
머무르면 머무르는 대로
내 마음의 물결이겠지!

꽃송이 피우는 날 / 류향진

꽃이고 싶던 날이 있었다.
봄이 멀리에 있어도
마음엔 꽃물이 마르지 않던
그런 날이 있었다.

보는 이 없어도
저절로 바람을 몰고 와
꽃향기 피우던
그런 날이 있었다.

꽃이 그리운 날이다.
봄이 가까이 있어도
지금은 꽃물이 흐르지 않지만
오늘은 꽃이고 싶다.

찾는 이 없어도
저절로 바람이 되어
꽃송이 피우는
오늘이 그날이었으면!

에스프레소 / 류향진

오랜만에
나는
당신에게 빠졌습니다.

부드럽고
슬프고
향긋한
당신에게 빠져버린 채
시간이 정지해버리면 좋겠습니다.

가을처럼
깊은 그리움에
가슴 떨리게 하는 그림자

당신은
나의
에스프레소입니다.

우산 / 류향진

가을비에
내 마음 반만 젖을 무렵에
우산을 씌워주세요

가을비
가슴 속까지 들어오면
다시는 마르지 못할 거예요

가을비에
내 마음 뜨겁게 울기 전에
우산을 씌워주세요

가을비
가슴 속까지 스며들면
다시는 멈추지 못할 거예요.

정지 / 류향진

낙엽처럼
내게서 떨어져 가는 기억들
잊히겠지

수없이 다짐해보아도
낙엽처럼
첩첩이 쌓인
잊히지 않는 기억들

잊겠다는 것은
잊을 수 없는 사람의
힘없는 다짐이겠지

아름다운 단풍이
다 떨어진다고
가을을 태운 숱한 기억들이
다 사라질까?

내 마음이
여전히
가을에 있는데……

꿏바람

詩人 백성섭

인천 거주
대한문학세계 시 부문 등단
(사)창작문학예술인협회 회원
대한문인협회 인천지회 감사
대한창작문예대학 제8기 졸업
제8기 대한창작문예대학
   졸업 작품 경연대회 동상
    졸업 작품집 공저
서울인천지회 "들꽃처럼 3집" 공저

❧ 시작노트

시인하면 따라다니는 그림자가 있다는 것을 알 시기가 된 것 같다.

꽃을 그려도 향이 없는 것이다. 아마도 이름에 가리어 보지 못하는 그림자를, 처음을 잊고 있지나 않았나 뒤돌아보게 된다.

먼바다에 버려진 마음과 육신을 가다듬어 넓게 펼쳐진 세계와 높은 파도가 밀려와도 헤쳐나가는 열정이 있어야 하겠다. 지금은 아니어도 먼 훗날에까지 이어질 그림자를 한 땀 한 땀 일구어 향기 나는 무늬를 그리려 한다. 나를 돌아다보며 새롭게 변해가는 시대에 공감하는 글이 되었으면 한다. 내가 아무리 좋다 하여도 읽히지 않는 글이라면 무엇에 쓰겠는가를 반문해 본다. 그렇다고 쓰지 않고 읽지 않는다면, 계속 남의 것만 보아야 하겠는가? 나의 시를 쓰자 그리고 세상을 읽자.

그림자 / 백성섭

늘 코끝에 와 닿았던 너
가려져 있었던 꽃잎마저 떨구니
시간을 뒤로한 장미꽃, 향을 숨기듯
앉았던 자리마저 걷어가 버린다.

모아진 햇살은 물결에 묻히고
다가가 한 걸음 더 가까이
짭조름한 그물망 입김 서리어
그리기를 한참을 떠돌아 그 자리

이 작은 눈, 넓은 바다와 하늘과 별
기다림의 용기는 길고 먼 투정
돌아다보는 내 열정은 이름뿐이고
나그네 길이 어두워지려 한다.

여린 싹 그들에게로 향하여
휘청거리는 대나무밭 뒷산
맞닿은 곳 찔레꽃 달빛 따라
여물어진 향을 사르고 있다.

하루살이 / 백성섭

아침에 일어나 내일은 없다 하여도
죽음이 삶을 앞서는 일은 없다.

천 일의 날갯짓 오 감각이라
하루에 꿈마저 변주곡이 된다.

한껏 멋을 낸 여인과 무도회와 사내
연신 팔랑거리는 나래, 빛을 발한다.

영혼의 탈춤 길고도 짧아서
망각의 노을이 즐거울 뿐이다.

섬마을 바람개비 / 백성섭

친구들이여, 알알이 여물어 가자고
아무 일 없으니 온다고 하였지
너 잘 있어, 고마워, 그리워하리니
몰아세우는 세월 자꾸 돌아만 간다.

그 옛날 꽃 같은 시절 이야기
여기쯤에서 부르고 싶은 노래
그 마음이 내 생각이여
타오르는 청춘 여름을 부르고 있다.

가슴을 열어라, 창 너머 파도가 온다.
밀고 당기어 내는 수줍음의 반란
넘실거리는 비릿한 바다 내음
갯벌은 밀물에 살지만 우리는 추억에 산다.

태양 떨구어 길게 드리운 기억의 파편들
달빛에 매달린 밤하늘 바다를 본다.
그믐달 우러나오는 맹세는
모래알 헤아리는 밤을 맞이하고 있다.

창가에 서서 / 백성섭

가시나무꽃 초록빛 여물어
비밀의 끝자락 봄날이 된다.
민들레 하얀 머리 헤아려
너에게로 너는 나에게로

외출 귀갓길에서
석류나무 푸르게, 빨갛게
내년일까, 후년일까?
높이 오르고 또 오른다.

구절초 하얗게 만발한 시화첩
창가 떠나는 이, 아쉬워하지만
책장 글월 문자 모습만이 달랑
검게 그을린 문을 열려 한다.

인동덩굴 푸르름 잊혀
삭풍 내리어 생각나는 금은화
오르던 지지대에 웅크려
모진 고난을 피하려 한다.

하늘, 가을이 날린다 / 백성섭

푸르름이 스치는 야외 박물관
색색의 무지개 바람 불어와
울긋불긋 다홍치마가
하늘 높이 나는 나비가 된다.

초저녁 밤 새벽으로 가는데
긴 밤 하얗게 지새운 아침
햇살 그림자 하나 사뿐히 내려와
가슴 속 단풍이 날린다.

붉은 잎 화려한 외출
걸음마다 하나둘씩
당신의 마음으로 돌아와
벌겋게 타버린 계절이 홍시를 굽는다.

낙엽이 날리는 저녁
그믐밤 단풍꽃 하나 검게 물들여
별빛 불을 붙이면 심장의 펌프질
깊어가는 가을의 소리를 듣는다.

탱자나무꽃 / 백성섭

가시 돋친 마음은 아니어도
눈이 커 겁이 많은 그는
밤이 무서워
뾰쪽한 위험 신호등을 달고

두꺼운 경계를 둘렀다 걷었다
울타리 빈틈
살금살금 봄바람 내려앉으면
지난 추억으로 가슴을 품는다.

그 간 마음 헤쳐 놓으니
연록 사이 하얀 나비 꽃
중매쟁이 들락거리며
몸과 마음에 다리를 놓는다.

스르르 눈 감기어 오던 날
가시나무꽃 화관 너머로
노란 향기 적시는 코끝
너의 가슴으로 가려 한다.

어머니 / 백성섭

다홍치마 옥색 저고리
길 따라 오시던 날
지붕 아래 하나가 되었습니다.

큰 길옆 작은 돌 밭떼기
헤집어 대는 서리병아리, 어미
산모퉁이 노을 든 구름이 인다.

나무장수 해 중천에 걸리고
달랑거리는 지전을 주머니에 들리고
병아리, 강아지 대견해하셨는데

진달래꽃 타버린 아지랑이 그리움
다 잊히는 새가 되셨나
하늘에 연분홍 꽃잎이 날리어 간다.

詩人 서금순

인천 주안 거주
대한문학세계 시 부문 등단
(사)창작문학예술인협의회 회원
대한문인협회 인천지회 정회원

❧ 시작노트

세월이 지나면서 감성이 무뎌지고 계절이나 상황에 대해 무덤덤
해질 때도
시라는 명제 앞에 서면 다시 순수함이 살아남을 느낍니다.
세월이 변하여 누추해지고 기억도 가물거리지만
영원히 변하지 않는 엄마라는 이름처럼........

오월 / 서금순

봄과 여름 사이에 끼여
연초록이 아름다운 계절

파릇했던 새싹들이
꽃을 피우고
노랑 개나리, 분홍 진달래
알록달록 봄꽃들이
아카시아, 이팝, 조팝, 하이얀색으로 바뀌는 계절

담장 밑에 숨어 있던 장미
어느 틈에 담을 타고 오르며
존재를 뽐내는 계절

삶의 짐이 무거우셨나.
홀로 된 마음 외로우셨나.
푸른 들판 위로
폴 폴 나비 되어
하늘 가신 아버지
생각나는 오월

하늘빛처럼 슬프고
목단꽃처럼 찬란하게
아름다운 오월

하나님 언니 / 서금순

석회가 어깨를 점령하고
통증이 잠까지 잠식해 버려
마치 암 투병하는 환자처럼 스치는 바람에도 눈물이 났습니다

번져 버린 석회덩어리와 염증으로 일상생활이 어려워 시술을 택했을 때
한 걸음에 달려와
대신 울어 주던 언니
동생과 한 몸인 양
간병이 자신의 몫인 듯
옆에 있어 준 언니

샤워는 엄두조차 낼 수 없던 시술 후 3일째
나의 몸은 언니에 의해 닦이고 있었습니다

언제나 궂은 일에는
한발 앞서 이미 팔을 걷고 있는 언니

오늘 나는
장난기 어린 진지함으로 나의 부끄러움을 덮어준
하나님 언니를 만났습니다

목련 유감 / 서금순

깔끔한 비
두어 차례 내리더니
주택가에
포옥 폭
흰 눈송이 터지었다
4월이면
황사 속에서 우아하게
피어나는 꽃
예전엔
수놓아진 목련을 보면서도
너를 피워 올렸는데
생생한 네 모습 보면서도
종이꽃 보듯 하는
이 건조함
목련 유감

만우절 / 서금순

아침 출근길
"로또 당첨됐어요."
깜찍하게 소리쳐볼까?
잠시 생각했다가
거둬들인다.
"여긴 3학년 4반인데요"
반 표지판을 바꿔 달고
선생님을 당황케 했던 학창 시절
만우절 아침이면
어떤 거짓말로 놀래 줄까
담 모퉁이에 숨어서
조마조마, 조심조심
술래를 따돌리던 숨바꼭질처럼
마냥 재미있었는데
"고모 아버지가 연락이 안 돼요"
갑자기 날아든 비보
설마, 아닐 거야
이 소식만큼은 만우절
거짓말이었으면
좋았을걸.

봄 / 서금순

늘어지게 겨울잠을 자던
씨앗이 기지개를 켰어요.
"아 함 잘 잤다"
꼼지락꼼지락,
간질간질
"못 참겠어요. 나가고 싶어요."
"지금 나가면 얼어 죽을 거야"
겨울 엄마는
손을 잡고 놓지 않았어요.
엄마가 냇가에 빨래 가신 틈에
마른 낙엽 이불 비집고
빼꼼히 얼굴을 내밀어 봅니다.
보리밭 이랑으로 달려온
아지랑이
손 내밀어 잡아줍니다
겨울 엄마와의 이별이
봄인 거야

님 마중 꽃 / 서금순

눈 속을 헤집고
필까? 말까? 망설이다
아무도 나오지 않은
아직은 먼발치의 봄을
제일 먼저 버선발로 뛰어나온
님 마중 꽃
노란 불 접시에 받쳐 들고
오시는 길 잃지 마시라
조심조심 발걸음
내딛습니다.
이제나저제나
기다림 끝에
아~ 님의 모습에 그만
벙글어진 함박웃음
이제는 떠나지 않으실 거죠?
내민 손
절대 놓지 않는
겨울 색시의
봄 신랑 맞이 꽃.

돌절구 / 서금순

한때 벼를 찧어 대던
메주콩 쿵쿵 찧어 메주를 만들던
찹쌀을 치대어 인절미를 만들던
세수조차 사치였던 나날들
어느덧
구석진 뜰 한쪽으로 밀려나
바람결에 지나가던
가랑잎의 안식처가 되어버린
빗물 고인 푸른 웅덩이
어느 날
나의 가슴으로
수초가 둥둥 떠다니고
날렵한 금붕어 헤엄치고
내 발밑으론 우렁이가
엉덩이를 쑤욱 내밀며
자리를 잡았다네.
나는 다시 행복한
작은 연못이 되었다네.

詩人 신동진

대한문학세계 시 부문 등단
(사)창작문학예술인협의회 회원
대한문인협회 인천지회 정회원

❧ 시작노트

공동의 연못에서 다채롭게 피어나는 꽃이 되고 싶습니다.
시인으로서 독자에게 풀잎에 앉은 이슬로 음료를 주고, 길을 내
고, 웃고, 울고
쉼터가 되는 무명의 시인으로 글을 남기고 싶습니다.
동인지의 우수성이 이런 점에서 좋은 것 같습니다.

구직 / 신동진

제방에 눈물이 넘실거린다.
녹슨 수문이 열리기를
청년은 못 늘인다.

마음으론 빗장을 부여잡고
핏대 솟은 혼신으로 끌어올려
농수로 물길 따라 흡수되는
주역들의 웃음이 되고 싶다

강산아 주역들의
눈물을 마셔라

지금 그들은 성전에서
기도로 운다.

민생 / 신동진

세상을 보면 숨이 멎었고
대안을 보면 마음을 닫는다.

신뢰의 수용성을 잃어가니
민생은 개천의 소리와 꽃들의 미소를
일찍이 외면해 버렸다

만신창이로 엮어 가는 살림살이
말라버린 민심엔 어둠이 짙다.

밤의 명상 / 신동진

총총한 창틀 서재에 앉아
어느 시인이 펼친 호수에서
윤슬 흩치는 멋에 잠을 잊는다.

청개구리 애정이 끓는
야상곡의 밤

잠든 두루미는
깨우지 말자

곧 펜촉의 반란이
고독한 밤을 이길 거니까

손주의 선물 / 신동진

손주의 마음은
아마존 기후와 같다

꽃은 피었다 지고
우산을 폈다가 접고

천사는
해맑은 악기를 켜고
모든 입가에 함박꽃을
피운다.

손주는 집안의 행복이다.

자영업 / 신동진

불황은 지평선이고
수입은 거북 등이다

급여엔 할 말을 잊고
노동법은 할 말이 많다

쇠잔의 기업은
허기진 전대가 서럽고
다가올 겨울에 수심이 무겁다.

재기(再起) / 신동진

그루터기야 움터라
근육질의 뿌리가 젊다

맹금류야 반 인생을 깨라

바람이 울고 간 해변에는
파도가 눈물을 마셨고

달님이 노 저어 건너간
호수에는 잔 혼이 흐렸다

재기의 과정은 고통의 과정
축적된 경험으로 거름 되라
꽃 피는 후반의 낙원이
안식처 되려면.

층간 소음 / 신동진

보꾹이 멍들어간다
정신이 혼미하다

뜀, 걸음 아이는 해 맑고
낯선 발자국의 연합은
행복의 정원을 시들게 한다.

들려주는 방송에도
소음은 공동체를 볼모 삼아
모두를 괴롭게 한다.

꽃바람5

詩人 **여남은**

인천 거주
대한문학세계 시 부문 등단
(사)창작문학예술인협의회 회원
대한문인협회 인천지회 홍보국장
한국문인협회 정회원

대한문학세계 신인문학상
2018년 한국문학 올해의 시인상
2018년 짧은 시 짓기 전국 공모전 장려상
2018년 순우리말 글짓기 전국 공모전 장려상
2017년 공감 문학 공모전 본상
2018년 특별 초대 시인 작품 시화전 선정
시 낭송 우수작 다수 선정
(들꽃처럼) 동인문집 공저

❦ 시작노트

"고통도 기쁨처럼 경이롭게 바라보라"라는 칼린 지브란의 시구처럼
고통도 때론 삶의 일부분인 것 같습니다
늘 한결같은 자작나무의 도열하는 그리움으로 채색하고 싶습니다.
한 줄 시를 쓴다는 것 행복으로 갈무리하고 싶습니다.

목련 / 여남은

화사한 봄이 오는 길목, 마음껏 부풀어
터지듯 발산하는
설렘의 유혹

하얗게 물안개 피우는 강가 옆
겨울꽃이지는 자리
한 그루의 목련

물빛 흔들리는 수채화 같은
계절 짙은 그리움
차마 말 못 하는 앓음 하나씩 속으로
감추고 달래다 보면

어느새 물오르는 붉어지는 계절
설 위어 낙화하는 봄바람으로
지나가 버린다.

벗 하나 있었으면 / 여남은

비 오는 창가에 눈 마주할
벗 하나 있었으면 좋겠다

모처럼 여행을 가서
넉살 좋게 편안히 해주고
거슬리지 않게
편한 슬리퍼 짝처럼
벗 하나 있었으면 좋겠다

때론 난처한 일이 있을 때
곤란한 지경일 경우라도
탓하지 않고 다정한 말투로 응원해주는
벗하나 있었으면 좋겠다

커피 한 잔의
상큼한 미소로 향기를 음미해주고
쫄깃한 라이스 젤라토 같은 기분 실어줄
그런 벗 하나 있었으면 좋겠다

친구야
난 네게 이런 벗이 되어 주고
싶었다.

안목항으로 가는 길 / 여남은

초설의 설핏 보이는
눈 그림자 담으며 조각조각
덧댄
그리움의 세월만큼

발자국
팬 모래사장에 남아
그려보는 그대의 흔적

길모퉁이 하얀 카페
구석진 자리 차 한 잔에
아픈 기억도
해변 가로등만
위로의 불빛을 내려주는
안목항의 하얀 밤

작은 간판 하나 우는 식당에 앉아
소주 한 잔
허기진 그리움을 채워 넣습니다.

섬 / 여남은

토해내는 그리움
포말에 내려앉는다

저 멀리 반가운 불빛에
포럼 한 등대

하얀 분 바위에 걸린 목선 하나
새벽녘 노을빛에
물들어간다.

가을 애상 / 여남은

가을의 서정이 더하여
부서지는 이 흐느낌
허기진 가슴속
그리움 스며들어
찬바람 옷깃을 여미는 날

해거름 지는 노을빛 산 그림자 물들어 비추면
빈 하늘만 가을빛
그리움에 적시 운다

오늘도
그리움 담은 편지 한 장
낙엽에 실려 내 마음 보내렵니다
그 대사는 세상 속으로.

가을엽서 / 여남은

단풍 나뭇잎의
수처럼 늘어만 가는
그리움

노을 짙은
향기 속
물들어 오면

고운 빛
여린 향기에 코스모스
따사로움 가득히

살포시
들어서는 홍엽
그대 같은 가을의
향연.

사월이 오면 / 여남은

내 마음에도
사랑의 노래가 되어
피어오르네

한 줄기 빛과도
같아
작은 몸짓 되어
끝없이 솟아오르네

불과 같은 그 사랑에
이미 가슴은
촛불과도 같은
간절함 이여라

포근함이 살포시
여미는 그리운
사월이여!

詩人 오석주

충남 예산읍 출생
인천 계양구 거주
대한문학세계 시 부문 등단
(사)한국문인협회 회원
(사)창작문학예술인협의회 회원
한울 문학 언론인 문인협회 정회원
대한문인협회 인천지회 정회원
시와 글 텃밭 문학회 특별 작가

한울 문학 언론인 문인협회 : 수도권 지회 부지회장
한국 유권자 총연맹 : 서울 경기 여성 부회장

「수상」
2016년 3월 대한문학세계 신인문학상
2019년 한울문학 新春 언론문학대상
2018년 대한문인협회 향토문학상 글짓기 대회 경연대회 동상
2017년 특별 초대시인 작품 시화전 선정
대한문인협회 금주의 시 선정 (2017. 2. 1주, 2018. 10. 1주)
대한문인협회 좋은 시 선정 (2016. 6, 2018. 6)

「공저」
2017년 시와 글 텃밭 문학회 시화집 9호
2017년 대한 영상 문인협회, 전자시집
2017년 들꽃처럼 3집 (대한문인협회 서울인천지회 동인 문집)
2018년 현대시를 대표하는 명인명시 특선시인선 선정
2019년 한울문학 언론문인협회 월간지 3월호
2019년 시와 글 텃밭 문학회 시화집 11호

진달래 / 오석주

하얀 뭉게구름
두둥실 떠다니는 맑은 하늘
방긋 웃는 가녀린 꽃술 진달래
나의 마음 아리도록 흔들어

진분홍빛
강렬한 너의 눈빛
나의 품에 포근히 안겨
향기를 잉태하는 꽃술에 끙끙

너의 사랑은
내 가슴에 크게
자리 잡고 있는 흔적만큼
밀어내도
나의 품에 안기려는 진달래

옛 추억 / 오석주

산마루에 앉아
뒤돌아보니 지나온 반세기
굽이굽이 걸어온 길
가슴속에 꿈틀거릴 뿐

꽃향기 순산하여
향기 그윽하던 시절
뛰어놀며 숨이 목까지
차올랐던 그때가 그리워진다

마음 한쪽의 허전함
지난겨울 설한풍
한그루의 동백
창가에 서성이던 옛 추억

밀려왔던 파도는
방파제에 부딪히며
하루는 이렇게 저물어간다

피는 꽃에 묻히고 싶은 인연 / 오석주

꽃봉오리 팝곤 터지듯
쉴 사이 없이 꿈틀거리며
그리움 담아
활짝 피며 몸부림치네

연분홍 잎 하얀 꽃잎
활짝 웃음 지으며 가던 길
나그네 서성이게 하네

꽃샘바람에 떨어지는 꽃잎
종일 내린 비에 그리움 담아
바람끝에 매달려
내 사랑 가지 잡으며 웃음 짓고 있네

꽃바람 불어 밤새 꽃잎에
그대 소식 전하여도
잃어버린 시간
쉴 사이 없이 되돌려 붙잡으려

피는 꽃에 묻히고 싶은 인연
엄동설한에 햇살 받으며
봄맞이에 사라진
붉은 동백꽃 사랑이어라

꽃잎 속 / 오석주

따스한
봄날의 향기
간결한 시어의 속살로
빚어진 고결한 색채

꽃잎 속에
봄날 피워낸
천년이 하루같이
살아날 수 있는 수채화 한 폭

씨를 뿌려
싹이 돋아나듯
봄 햇살에 그 순결함
삶의 바램
담아 볼 수 있을지.

능소화 연정 / 오석주

파란 하늘
흰 뭉게구름 두둥실
산자락 엉성한
바위틈 사이에 핀 능소화
늘어진 넝쿨 담장 타고 올라가
꽃망울 터트려
방긋 웃으며 반겨 달라며
달덩이 같은 웃음 짓고 있네
오렌지 빛깔 어여쁜 꽃잎
이슬방울 댕그랑 굴러 앉아
맑은 기운으로
지나가는 이 웃음 주는 능소화
하늘로 날갯짓하고
길가 전봇대 감고 올라가
활짝 피며 숨 고르는
7월의 능소화 연정이어라.

꽃향기 속에 / 오석주

소나무 솔향 날리고
벚꽃잎 흰 눈 쌓이듯 떨어져
목련 따라 내 마음 버려보자

돋보이려 안간힘 쓰던 양심
더러워진 욕망의 껍질
꽃향기 속에 묻혀 버려보자

보기 드문 무명옷 걸치며
갈기갈기 찢어진 마음 벗어내고
삶의 기억들을 위해 힘껏 버려보자

후회 없는 삶을 위해
봄의 꽃향기 속에
나의 어리석음을 버리고
부질없는 생의 끝 무덤으로 가보자

하얀 찔레꽃 / 오석주

졸졸 흐르는 개울가의 봄
하얀 찔레꽃 찾아 돌다리 건너
가시에 찔린 옛 추억 길
아롱지게 웃음 짓는 나와 너

찔레 꺾는 손등 위로
쪼개지는 옥구슬
햇볕에 붉게 타오르는 얼굴
깊게 감추던 속눈썹 너였어

양쪽 귀에 하얀 꽃 꽂아
입에 물고
방긋 웃어주는 소녀
봄볕에 하얀 이불 베고 누웠지

솜사탕처럼 가벼운 원피스
때 묻지 않은 탄성의 긴 양말
앙증맞은 처녀의 설렘
청 가시에 찔린 첫사랑이었지

앙증맞은 처녀
찔레 꺾어 껍질 벗기다
마주친 모습 수줍은 울렁임에
엉덩방아 짓던 동심의 시절

詩人 오승한

(사)창작문학예술인협의회 회원
(현)대한문인협회 인천지회 지회장
2017년, 2018년 한국문학 발전상 수
2018 대한문인협회
이달의 시인 선정 및 금주의 시 선정
2018~2019년 명인 명시 특선시인선
기타 여러 동인지 공저
가곡 "파도" 외 다수 작시
가요 "사랑은 직진이야" 외 다수 작시

❀ 시작노트

세월에 부딪혀 일렁이는 삶의 파동을 담는다
글 하나에 한숨과 슬픔과 분노를 삭이고
또 하나에 사랑과 이별 꿈과 추억을 익힌다
아직도 사춘기 소년처럼 설레며 쿵쿵 뛰는 가슴이 있어 행복하
다
그리고 함께하는 동인이 있어 더 행복하다.

인연 / 오승한

옷깃 스치면 인연이라
애써 의미로 새겨놓고
기다림을 시작합니다

언제가 끝이 될지 모를
길고 긴 기다림이 되겠지요

고운 미소 지으면
나를 향한 마음인 양 가슴 떨고

마음 아파 슬퍼할 땐
내 잘못일까! 가슴 찢겠지요

가까울 듯 가까운 듯 먼 당신을
인연이란 굴레로 엮어 갑니다.

행복(행복한 바다) / 오승한

바다가 하늘처럼 보이는 언덕 위에
당신을 닮은 예쁜 집을 지을 겁니다

당신을 향한 마음으로 주춧돌 하나 놓고
나를 바라보는 믿음으로 또 하나를 놓겠습니다

사랑하는 가슴으로 기둥을 세우고
서로 의지하는 어깨로 보를 걸고
서까래를 걸겠습니다

밖을 향해 열 수 있고 안을 향해 열 수 있는
개방된 문을 만들어 서로 열어줄 것입니다

파란 하늘과 바다
붉은 태양이 떠오르는 아침

파도가 구름처럼 구름이 파도처럼 일렁이며
상처 진 마음 감싸주고
깨끗이 씻어줄 것입니다

하늘 같은 바다
바다 같은 하늘에 찬란하게 떠오르는 태양을
당신의 손을 잡고 바라보겠습니다.

아내의 청춘 / 오승한

곱던 꽃잎
장밋빛 꿈
피우지도 못하고 시들어가네

기다림이 길어
한숨은 주름지고
먹빛 하늘은 눈물뿐이네

이슬에 속삭임은
어디로 숨었나
눈물 적셔 꽃피우다
봄날은 가고

소중한 꽃 사랑한 꽃
미안하고 가여워라
눈물도 목이 메어
가슴만 치네.

장미 / 오승한

무성한 이파리 속에
붉디붉어 터질라
숨조차 멎을 듯 아름답구나

사랑을 갈망하는
여인에 입술 같아
애간장 까맣게 타들어 가네

예쁘다고 꺾으려 마라
숨겨진 비수에 찔려
진홍빛 눈물로 씻어야 하리

사랑을 기다리며
불타는 네 모습에
내 가슴도
빨갛게 타들어 간다.

파도 / 오승한

어제는 일렁이고
오늘은 파도가 치는
마음의 바다

붉게 물든 노을 사랑
파란 그리움아

하얀 물거품 싣고
세차게 부딪히는 파도
피하지 않으리라

밀려오는 파도
그리움에 절인
가슴 던져 놓고

철썩철썩!
쌓인 그리움 씻어 보련다

파도 속에 깊이 잠겨
헤어나지 않을 수 있을까

파도에 밀려
쌓이는 모래알
또 다른 그리움이
사무치게 쌓여 간다.

솟대 / 오승한

무엇을 기다리고 있나

누구를 기다리는 걸까

오늘도 지친 기다림

먼 산 그림자
내 가까이 눕는데

임아!

목 뺀 기다림
오늘도 밤이슬 내리네!

그리움 / 오승한

살랑살랑 스치는
소슬바람에
무더운 땀방울 움츠러든다

긴 시간이 지났는데도
떡갈나무 그늘에 길쭉이 누워
추억의 여름날을 그리워하네

꼬맹이 때 동심을 넘기다 한 시간
얼굴도 모르는 순이 생각 한 시간
찬란한 꿈 두어 시각 그리다가

아차 하며 부리나케 꼴 짐을 지고
어두워진 비탈길
바쁘게 걷곤 했던 그날

앞 냇가 벌거벗은
물놀이 동무야
순이 얘기로 시간 잊었던
꼴지게 동무야
지금 너희들이 보고 싶구나

돌담마다 밭둑마다
뒹구는 호박을
소쿠리에 가득가득 담고 싶구나!

151

꿀꽃바림

詩人 유영서

충북 진천 출생

인천 거주

대한문학세계 시 부문 등단(2018. 5)

(사)창작문학예술인협의회 회원

대한문인협회 인천지회 정회원

문학 어울림 회원

대한문인협회 금주의 시 선정 (2018. 9. 1주),
좋은 시 선정 (2019. 2. 1주, 2019. 5. 3주)

수상
2019년 5월 향토문학상 경연대회 은상

❧ 시작노트

늦었지만

처음 시작하는 마음으로

시라는 아름다운

한 개의 낱말을 손에 쥐고

혼잣말을 그리며

저벅저벅 떠나보려 합니다.

사월 들녘 / 유영서

실하게 올라오고 있었다
식성 좋은 잡풀들

목마르게 기다리던
누적된 그리움
도랑물로 흐리다 맴돌고

마른 몸 드러내 보이며
마음 허한 들녘이
시퍼런 보릿고개
저 봄 가슴팍에 잠들면

농부들
밭 가는 소리
꽃 빛 종소리 파도치네

품삯 / 유영서

너 참 장하다
흘린 땀방울 수만큼이나
하루를 들어 올렸으니

셀 수 없는 기쁨에
깨달음 하나 얻어지고

세상을 이겼구나
하루치 목숨값은
더욱더 싱싱해져 푸르러지고

그래
오늘도
수고하였다

귀갓길
마음 뒤로 등 두드려주며
달 따라오는구나!

결실 / 유영서

웃고 있네
으쓱으쓱 어린 것들

바람이 핥고 간
푸른 잎새
반질반질하니
풍경 하나 그려지고

곁가지에
햇살 들고 서 있는 그리움
사랑으로 농익어

농부들
마음
속 일제히 일어서
희망으로 출렁인다.

나그네 / 유영서

길을 간다
꽃구름 따라

바람 춤, 사위에
내 몸 맡기고

즐거웠던 일
힘들었던 일

옥수수 영글어가듯
익어지는 마음으로

해 질 녘
노을 붉게 내려앉은 저 길을
봇짐 하나 걸머메고 난 행복하다.

하루 / 유영서

햇볕을
어슷하게 베어버린 구름이
산속에 드러눕는다

물어보지 않아도
일과를 끝마친 하루가
귀갓길 서두르고

손톱을 꽉 깨문 달이
배시시 웃으며
마중 나와 기다리고 있다

내일로 가는 수레바퀴
고단하다

하나하나
이름을 불러주던
아름다운 것들
꿈을 베고 오붓하게
별자리에 든다.

비 갠 여름날 풍경 / 유영서

팔 걷어붙인
대지가
생금처럼 빛나며
지친 몸 일으켜 세우고 있다

말간 하늘이
구름 몇 자락 데리고
싱싱하게
하루를 끌고 간다

서늘하니
바람 불고
목청 좋은 매미들
콧노래 부른다

푸르른 날들을
밀어내고 있다. 세상 밖으로
옥수수
탱글탱글 영글어가는 들녘
햇볕 따갑다.

너를 보며 / 유영서

너에 곁에 서 있으니
황홀하고

너에 곁에 머물러 있으니
향기가 난다

셈도 치르지 않고
거저 주는 마음아

오랫동안
참으로 오랫동안

한결같은 마음으로
그래서 사랑이다.

詩人 이도연

대한문학세계 시 부문 등단
(사)창작문학예술인협의회 회원
대한문인협회 인천지회 기획국장
문학 어울림 운영위원
재능대학교 특임교수
재능대학교 일학습병행 사외이사
㈜하나이엔디 경영지원부 이사
공저 : 문학 어울림 1, 2
수상 : 2018, 2019 향토문학상 동상
짧은 시 짓기 2018 은상. 2019 동상
2019 현대시를 대표하는
　　　　　　　　명인 명시 특선시인선

❖ 시작노트

눈 내린 지평의 흰 벌판에 한 점을 찍는다

긴 호흡 끝에 달려가야 하는

시의 골짜기는 깊고도 고요하며 가팔랐다

시는 문명의 고원에서 밝게 빛나고 있었다

글은 우리가 살아 있음을 증명하는 언어이자

문명인으로서 최상의 행복이다

오늘도 기꺼이 백지 위에 문자의 편린들을 조각한다.

책방 늙으니 / 이도연

늙어 주름이 책장처럼 차곡차곡 싸인
영감의 누런 치아 사이로
묵은 책들이 벽돌처럼 누워있다

고서점의 깊숙한 터널에는
곰팡내 나는 책들이 시공의 흔적을 지우며
서로의 언어로 열변을 토하며
줄지어 늘어서고

산 자와 죽은 자
치열한 삶의 흔적들이 켜켜이 쌓여 눕고
책방 늙으니 풀풀 거리는 먼지를 일으켜
책장을 정리하면

잠자던 지성의 언어가
거친 숨소리를 몰아쉬며 흩날리는
활자의 파편이 아우성치며 일어난다

형광등 엷은 불빛 사이로 그들의 혼령이
끝없이 깊은 진리의 무덤에서 깨어나
누렇게 변색한 표지 위로
세월의 무게를 견디며
학문의 지평을 열어 지혜의 바다를 건넌다.

유랑의 섬에서 / 이도연

칠산 바다를 밀어낸 질펀한 갯벌
뱀 같은 고랑 끝을 길게 드리운
해안 끝자락은 을씨년스러운 외로움으로 가득했다

한나절 만에 고개를 들이민 뱃머리에서
섬으로 들어오는 사람조차 몇 되지 않아
섬은 더욱 지쳐 갈 때
진한 갯벌에서 풍기는
남도 사투리 여인이 팔을 잡아끈다

저물녘 하늘 걸판져
노을이 겁나게 창에 비치는
환장하게 멋진 방이 있어라

생선 비늘이 널름널름 허니 싱싱헌 활어에
초장 듬뿍 찍어 한 잔 기울이면
분위기 최고인 횟집이 있땅께

물빛에 흠뻑 젖은 얼굴로
웃음 짓던 여인의 삶이 짠 바람 속 힘겨운
갯가의 하루가 묻어나는 민박집

휘어진 창살 틈으로 쏟아지는
고단한 저녁놀이 바람 속으로 젖어 드는 갯마을
유랑의 밤이 깊어 간다.

만석 부두 / 이도연

바다에서 육지를 우러르고
언덕에 올라 바다를 아우르다
시야 머무는 곳

저 멀리 만석 부두
발아래 걸려
산발치 아래 찰랑거린다.

뜨겁게 타다만 정오의 햇살
미련이 남은
따가운 물비늘 위로

은빛 물살 가르며
항구로 향하는
고깃배

어부의 땀방울마저도
바다로 스며들어
한 폭 수채화를 그리면

나도 바다의 일부가 되어
저항할 수 없는
포구의 풍경이 된다.

163

내 안의 나를 바라보다 / 이도연

번쩍이는 간판에서 빛이 섬광처럼
어지럽게 뿜어 나온다

불빛이 반사되는 안경 뒤에
또 다른 자화상이 맺히고
2밀리 유리창 뒤에 존재하는 세상은
나의 세상이 아닌
타인이 존재하는 세상이다

허덕이는 삶의 고뇌는
쌓여가는 스트레스로
육신에서 물기가 빠져나가고
사막처럼 건조해지는
깃털 같은 무게가 고통스럽다

삶에서 초심이 흐려지는 순간
영혼의 힘이 고갈되어
괴로워하는 고통을 즐기는
또 하나의 나는 누구인가?

미치도록 엉키는 감정이
서로를 힘들게 괴롭히는데
내 안에 또 다른 나는
그 안에 나를 비웃고 있다.

바람의 시간 / 이도연

풍화 속에 흩어진
육신의 잔해가 모래알 되어 바람에 날리면
허공에 펄럭이는 깃발은
갈가리 찢어진 상처 끝에서
긴 울음소리를 낸다

바람이 깃발을 흔들어
새파란 눈을 적시고
가슴에 상흔을 흩어 놓고 등을 돌린다

불규칙한 발끝에 칼날을 세우고
깊은 어둠 속 바람이 멈추는 곳에서
소멸해가는 삶의 시간을
과거로 돌려세운다.

광야의 바다 / 이도연

바람벽 하나 사이에 두고
광야의 어두운 밤바다
모래밭에 누워 있으니

태풍이 오려나
검은 바다를 할퀴며
거칠게 달려드는 파도는
그르렁그르렁 울부짖는데

납작 엎드린 집은
잠 못 이루는 밤 심연의 바다에서
온갖 사념으로 서성인다

밤은 삼경을 넘어
시침이 원을 그려
새벽을 향해 달음질치고

몸부림치는 바다는
바람의 어깨를 타고
커다란 파도를 일으키며

끝없이 뒤척이는 새벽이
바람으로 부풀어 간다.

바람은 오고 가는 것 / 이도연

산 자의 울음소리에
컹컹 개 짖는 소리가
골목에 하릴없이 흩어진다

죽음을 애도하는 슬픔이
골목에 바람 소리로 떠돈다
울음으로 시작하는 탄생과 죽음은
동의어이며 반의어이다

승강기 버튼을 누르면
누군가 올라가고 누군가 내려간다.

삶은 누구에게나
공평한 시간 속에 주어진
삶의 운명을 짊어지게 한다

누구는 순응하고
어떤 이는 괴로워한다.
삶은 그 누구에게도 아무것도
강요하지 않는다

골목의 바람이 세차게 불어와도
소주 한 잔에
슬픔에 겹친 바람이 시원하다

오늘도 골목에는 빈 바람이 분다.

詩人 이명순

대한문학세계 시 부문 등단
(사)창작문학예술인협회 회원
대한문인협회 인천지회 정회원
대한문학세계 좋은시 선정
윤동주 문학상 수상
인천시 제물포예술제 산문 부문 장원
전국 고전읽기 백일장 문화체육부 장관
화도수필 동인
시를 꿈꾸다 동인

❦ 시작노트

"열정이 있는 한 늙지 않는다."는 그렌마 모제스

아직도 삶의 현장으로 별을 보고 나서고 돌아오지만

발걸음은 행복하다.

꿈을 꾸는 시간, 삶의 한 귀퉁이에 앉아 오늘도 시를 쓴다.

삶에 지친 영혼들에게 치유의 시 한편이라도 남길 수 있는

그날이 오기를 소망해본다.

경계에 선 존재 / 이명순

생의 한 걸음이 과거를 베어내고
오늘, 벼랑 끝에 서 있다
네가 서 있던 자리는
나의 오늘이기도 한, 익숙한 문

고리 끝으로 내일을 당긴다
익숙한 숨의 언덕, 어제를 지운다

바람으로 안고 온
네가 지키던 숲과 내 숨의 공간은
땅 위에 솟은 옹이가 되어
약속된 한 지점으로 가, 문이 된다.

누구나 한 번쯤
생애 한 꼭짓점을 지나고
별이 되기도 하지.

다시
삶의 경계에 서면
섬 하나를 사야 하지,
존재 이유가 되는.

작은 꽃들의 시 / 이명순

솔 향기 짙게 배인 동산엔
옹기종기 모여있는 풀꽃이
도란도란 속살거리고
웅성웅성 키재기를 합니다

노란 민들레 방긋방긋
앙증맞은 보라꽃 소곤소곤
냉이꽃 하얗게 살랑거리는
봄햇살 따사로운 한낮,
새털구름 벗삼은 노랑나비
나풀나풀 춤추며 노래합니다.

넌, 봄 노래하니?
난, 새를 불러와
그럼, 나는 시를 쓸꺼야
봄 봄 봄
시가,
풀꽃으로 피어났어요.

봄의 소나타 / 이명순

매화꽃 지천이던 날도 가고
생강꽃, 산수유 노랗게 물들던
봄날,
꽃분홍 진달래, 복사꽃 잔치하던 날
배꽃, 앵두 하얗게 들판을 누비더라

꽃비가 내리는 사월의 언덕
바람 따라가는 길 위에 누운 마지막 숨
다홍치마 펄럭이며 춤추는 산철쭉
꽃 마중 산새들
포롱포롱 날아올라요

하얀 쌀밥 같은 이밥 꽃
한 아름 안고 재 넘어가는 뭉게구름
푸릇푸릇 청보리 넘실대는 들녘
뒤뚱뒤뚱 오리들 춤을 춥니다

또르르 구르는 솔방울 벗 삼아
밤꽃 향기 날리는 숲속에 서면
바람난 시어가 달려들어요.

사랑한다는 말 / 이명순

꽃이 피고 지고
비가 되어 내리던 날에도
그대 눈빛은 사랑을 말하지 않았습니다

긴 기다림을 하얀 꽃잎 위에 피우고
짧은 이별을 고하던
푸른 달빛이 어루만지던 그 밤
그대 눈은 잠들어있었습니다

명자꽃 붉게 피는 아침나절에
찔레마저 꽃잎 떨구던 날
그대의 눈가엔 물기 어린 흔적만
남아 있었습니다

해마다 하얗게, 붉은 꽃잎을
달빛에 젖어 피웠건만
그대는 단 한 번도 내게
사랑한다고 말하지 않았습니다

동백이 누운 붉은 그 길 위
멈출 수 없는 발길에 눈이 휘날려도
그대는 그 말을 잊었나 봅니다

복사꽃 향기에 취한 날
사랑한다는 말, 그 한마디.

가파도의 봄 / 이명순

청보리 넘실대는 봄날
속 깊은 아낙은 산호 따라 춤추며
섬의 무리를 건져 올린다

바다를 밀어내고
귓속말 건네는 미역귀 수다
붉은 노을 성게의 간지럼
속곳 말아 올린 진주 품은 전복
뿔소라, 나팔소리 그리운 물 궁전

청보리 이삭 팰 때면 피리 불던 아이는
거북이 오르는 물가에 앉아
세월을 낚는 사공이려나

청보리 하늘 끝에 마주 서던 날
서풍에 밀려오던 흰 눈 같은 포말
눈부신 오월

맹그로브숲 강 / 이명순

이방인의 나라에 강물 위를 걷는 숲에는
황톳빛 강물에 밥을 말아 먹는 이가 있다

그리움이 낯설게 익어가는
조각 뱃길엔 밥을 위한 걸음들이
노를 젓는다

물에 젖은 맹그로브 사이로
타인들 시선을 붙들어가는 여름
그 강물 위에서 춤을 추는 젊은 사공
자연의 숨을 마시는 이들의
감탄이 밥이 되는 노 젓기
하늘빛 물든 붉은 등 위에
푸른 물고기 비늘이 팔딱거린다

노을에 묶인 한 시절이 지나가는
시간의 다리는 계절을 타며 뚜벅거린다.
이방인의 시간과 고유의 시간은
나무 갈래 사이로 엮이고 있다.

운율 / 이명순

중저음을 깔고 앉아 활을 밀어요
처음엔 소리가 나지 않았어요
바람에 스치듯 삐걱거리는
오래된 시골집 대문 열리는 소리였어요
소나무 장작 패는 소리에
송홧가루 날리는 향이 묻어서
푸른 솔방울 울림이 하늘로 올랐어요
빛이 내린 초록 잎새의
속살거림과 어울린 현이 춤을 추었죠
바람 따라서 숲의 요정들이 모여들었어요
그대가 바라보는 눈빛은
내게는 봄의 왈츠,
우리는 하나 된 운율로 숲을
연주했어요.

詩人 *이성구*

인천 거주
대한문학세계 시 부문 등단
(사)창작문학예술인협회 회원
대한문인협회 인천지회 정회원
도전 한국인 문화예술 지도자상 수상

❦ 시작노트

감성을 표출해 좋은 작품을 집필해서
독자들로부터 사랑받는 시
심금을 울릴 수 있는 시인으로 정진하겠습니다.

일상 / 이성구

이른 아침 필승을 다짐하며
회사 통근버스에 몸을 싣고
삶의 전쟁터를 행해 달린다

낮 기온이 포근하다
쌀쌀한 새벽 공기도
햇살의 따스함을
이기지는 못하는가 보다

종일 일과의 전쟁을 치른 후
포연이 가득한 전쟁터에서
전투복을 탁자 위에 벗어놓고
한 잔의 향긋한 여유를 마신다.

사랑이라는 눈물의 굴레 / 이성구

별빛처럼 반짝이게
달빛처럼 탐스럽게
햇빛처럼 정열적이게
바람처럼 멋지게
존재 이유를 꺼낼 수 있게

울렁이는 사랑이 다가와 빈부 강약 지위 고하를
울렁이는 가슴으로 보내고
신비로 다가와 바람 속의 사랑 속으로
그리움 데리고 와 신비함으로 문지른다.

불금 / 이성구

고단했던 한 주가 화살처럼
지나가고 어느새 불금
어깨에 멘 짐 풀어놓고
술판을 벌인다

지나가던 바람도 와서 한 잔
세파에 찌그러진 달도 와서 한 잔
추위에 떨던 겨울나무도 한 잔
천지가 술에 취해 비틀거린다

소리 없이 다가온
세월이란 놈이 시샘하며
손목을 잡아끈다

세월아 무엇이 그리 급한가
50년을 쉼 없이 달려왔는데
이제 쉬엄쉬엄 가자꾸나
잠깐 왔다 가는 인생
소풍 가듯 그렇게 살고 싶다.

내사랑 선재도 / 이성구

넘실거리는 파도가 축복을 물고와 평안과
선재도에 내려놓고 뒤돌아 가다

갈매기도 축복의 울음소리를 영흥도
대부도 핥아주든 님
선재도를 문지르고 있다

겨울날 / 이성구

세월이 유수와 같이
빠르게 흘러가지만

흘러간 세월만큼이나
소중한 추억들이
하나하나 쌓이고 있겠지

겨울답지 않은 겨울
탐스럽게 내리는
하얀 눈꽃은 볼 수 없지만

오늘도 하루라는 예쁜 바구니에
웃음과 행복이 가득했으면 좋겠다.

행복 / 이성구

오늘도 변함없이
행복한 하루가 되기를
간절히 바란다

티끌이 모여 태산이 되듯
소소한 즐거움과 기쁨이 모여
큰 행복을 안겨준다

작은 일에도 감사할 줄 아는
마음에서 행복은 시작된다.

관계란 / 이성구

우리는 누구인가
묻고 싶다
시공간을 뛰어다니고 웅성거리며 뒤척거려대는
관계의 영혼이라 말할 수 있다

생과 사의 관계
선과 악의 관계
기도를 하여주는 관계

삶이란 무엇인가
부정과 긍정이 사고로 달려와
긍정적 사고만 내려놓기를 원하고
관계를 흔들어 놓기도 한다
절대자와의 관계
사랑하는 관계
혈족과의 관계
이웃과의 관계
꽁꽁 묶어 흔들림 없는 관계로 만들어들 보자

詩人 **이옥순**

인천 거주

한국방송통신대학 국어국문학과 졸업

대한문학세계 시 부문 등단

(사)창작문학예술인협의회 회원

대한문인협회 인천지회 정회원

대한문인협회 2017년, 2019년 "시 자연에 걸리다" 전시
대한문협협회 2018년, 2019년 "명인명시 특선시인선" 선정
대한문학세계 신인문학상 수상
좋은문학협회 시 부문 작가 대상 수상
민주문협, 좋은문학협회 특별회원
동인지 : 민주문학, 책나무출판사, 오은문학, 좋은문학,
　　　　　한국문학동인회, 대한문인협회 서울인천지회 동인지 공저

❧ 시작노트

계절 따라 대자연의 아름다운 풍광과 그 속에 신비로운 모든 생물이 피고 지듯 우리도 짧은 삶이기에 모든 것이 얼마나 소중하고 감사한지 새록새록 세상을 사랑으로 바라보게 된다.

거대한 자연이 우리에게 주는 아름다운 선물 어머니 품과 같은 자연 속에서 고귀한 생명을 가슴에 담으며 한 줄의 시를 담아보고 싶은 마음이다.

파란 들녘 / 이옥순

아득히 펼쳐진 청보리밭
파란 들녘이 아름다운 것은
살랑살랑 부는 바람에 희망이
너울너울 물결치기 때문입니다

파란 들녘 가로질러 걷고 싶은 것은
청명한 하늘 아래 너와 내가 하나 되어
젊음을 느끼고 아름다운 내일을
감사하며 사랑하고 싶기 때문입니다

계절 따라 요동치는 변화에도
푸르고 힘차게 자라는 생동감
모든 만물이 철 따라 삶의 교훈 남기며
풍성한 열매 익어가기 때문입니다.

감사의 힘 / 이옥순

가뭄에 메마르듯
목마름에 야위어가는 영혼
찾아 헤매는 갈증의 해소
초침 따라 마음은 지쳐 가고
하나의 시어를 갈망하며
하얗게 지새우는 밤 샛별 마주한다

순간순간 가슴 깊이
새겨 놓은 언약을 잊은 채
가슴 멀리서 서성이며 외치고 있지만
허공에 맴도는 무색한 산울림뿐

시들해진 화초에 물을 주고받듯
다시 마시고 채워야 할 감사함
반짝반짝 빛을 내고 생기 돋아
감사함 속에 피어나는 향기의 힘
모든 시름 내려놓고 활짝 핀 꽃 속에
또 하나의 꽃봉오리 새롭게 올라오네.

나의 사랑 그대 / 이옥순

그대를 두고
어찌 꽃이 아름답다 하며
어찌 꽃을 향기롭다 할 수 있으랴
호수보다 맑고 고운 별빛 같은 그대

언제 어디서나 그대의 향기가
바람에 실려 와 가슴 두드리고
미소 짓는 아름다운 그대 모습
향기에 취하게 하는 아침 햇살

그대로 인해 사랑으로 꽃피우고
푸른 바다같이 깊은 행복 출렁이며
맑고 높은 하늘에 소망을 수놓아
날마다 기쁨과 감사에 젖어 드네.

깊고 깊은 사랑 / 이옥순

광활하게 펼쳐진
에메랄드빛 푸른 바다
빛나는 별들이 쏟아져 내린 듯
깊은 사랑 물들이며 반짝이고
은빛 물결 찰랑찰랑 황홀하다

높은 산과 바다가 드리워진
우리 삶의 터전 아름다운 강산에
새벽 종소리 울려 퍼져 기도드릴 때

힘차게 떠오르는 여명이 밝아오고
기다렸던 힘찬 소리에 촉각이 멈춘다
빛나는 눈동자 미래가 담겨있고
소박한 미소는 높고 깊은 어머니 마음

자나 깨나 함께하는 뜨거운 사랑
백 만년 그 마음 가슴마다 피어나
영원히 지지 않는 평화의 별빛으로
우리의 희망찬 사랑이 되어라.

자연의 선물 / 이옥순

어디를 둘러봐도 울긋불긋
시선을 사로잡는 아름다운 꽃
향기에 나풀나풀 모여드는 벌 나비
활기찬 축복의 삶 바쁜 하루 열어간다

꽃피고 지며 푸른 옷 입고
우리 모두 반기고 즐길 수 있는
자연이 주는 아름다운 선물이기에
더욱 아름답고 고귀하지 아니한가

이른 봄부터 이어지는
형형색색 꽃들의 향연
코끝 스치는 향기로운 바람
사랑과 평화 가슴에 안겨주는
무한한 자연 선물에 행복한 봄날이네.

저녁노을 / 이옥순

붉게 타는 서쪽 하늘
푸른 바다도 하나 된 듯
아쉬움에 뜨겁게 출렁인다

달려온 긴 하루 한순간 태우고
날마다 가슴 뜨겁게 추억 남기며
아름다운 이별의 아픔을 삼킨다

석양을 삼켜버린 캄캄한 밤
바다도 잔잔한 침묵 흐르고
말없이 달리는 시간은 저 멀리

또 새로운 시간이 어둠 헤치고
찬란하게 떠오르는 태양
오늘도 꿈과 사랑을 풀어놓아
감사한 새 아침 펼쳐지는 삶이다.

그리운 마음 / 이옥순

아름다운 내 사랑이여
푸른 바다 거센 파도처럼
멈출 줄 모르는 그리움이
하얗게 밀려오고 밀려옵니다

새벽녘 잠에서 깨어
미소 띤 그 모습 떠올리면
행복한 미소로 다가와
새날을 풍성하게 열어줍니다

우리를 위한 새날의 기도
기쁘고 감사한 마음은
사랑과 행복이 감돌고
태양이 힘차게 떠오르는
아름다운 새 아침입니다.

詩人 임수현

인천 강화 거주
대한문학세계 시 부문 등단
(사)창작문학예술인협의회 회원
대한문인협회 인천지회 사무국장

❧ 시작노트

오늘은
그대 손끝에서 피어나는
꽃이고 싶어라
눈이 부시게 화려하지 않아도
수줍은 미소 두 손으로 가리고
연초록 보조개 배시시 흘러내린
나의 어깨 위에 그대 얹고 싶어라.

– 시 〈연애〉중에서 –

어머니와 된장찌개 / 임수현

뽀얀 쌀뜨물에 된장을 풀고
질화로에 화젓갈 엇대어 걸고
지글지글 끓는 된장찌개는
엄마의 젖가슴 냄새가 난다

구수한 냄새가 좋아서
겨드랑이에 코를 박고 웅크린
스물두 살의 막내딸 토닥이며
또르르 굴러 내리던 이슬 같은 눈물

뿌옇게 흐려진 눈망울
뱀 껍질처럼 갈라진 입술
미약한 울림만 남은 가슴에서
"내 어찌 너를 두고 가랴! 불쌍한 것"
말씀 하신다.

뚝배기엔 된장찌개 끓어 넘치고
모녀의 가슴엔 눈물 고여 넘치고
꽤 여러 해 묻고 묻어도
뚝배기 된장찌개는 눈물이 흐른다.

해무 / 임수현

포근히 안아준 품에서
바다는 잠이 든다.

쉼 없이 춤추며 노래하던 바다를
해무가 안아서 재워준다.

자장가가 그리워
바다는 다시 노래를 부른다.

작고 아름다운 목소리로
자장자장~
바다는 잠에서 깨어난다.

밤이 오면 / 임수현

들풀 뿌리박힌 땅은
야들야들한 봄 처녀 가슴인데
해가 지면 길이 없는 길을 떠난다.

밤을 지새운 상념의 찌꺼기들은
토굴 속 흙가루와 버무려져
세상 밖으로 밀려나 동산을 이루고

지나온 골목길을 뒤돌아보니
따라온 그림자 다시 어둠에 묻힌 채
봄볕은 들풀 사이사이를
샅샅이 쪼개어 비춘다.

밤이 오면
말랑하게 녹아있는 어두움 속에서
못다 한 생각의 끝을 찾아
또 다시 더듬거릴 것이다.

신흥사에서 / 임수현

그윽한 눈빛으로 내려다보는
설악의 자태는
긴 그림자로 서 있고

겨울을 맞은 담쟁이의 빈손은
차디찬 돌담 부여잡고
지나간 계절의 안부를 묻는다

어떤 계절에
어느 날이었던가
이 자리에 서 있었던 날들

달그락달그락
경내를 뛰어다니는
마른 잎들의 웃음소리가 들린다.

오랜 시간 잠들어 버린
유년의 기억을
낡은 풍금 건반 위에
살며시 내려놓는다.

가을꽃 / 임수현

산모퉁이 돌아 한 발 내려서니
푸드덕 새 한 마리
마른 둥지를 털며 날고

밤 별들이 내려앉은
노란 들국화
향긋한 꽃 내 우려낸다.

물기 하나 없이 바싹 마른 혈관 끝에
보랏빛 얼굴 매단 들꽃과
가느다란 목 흔들거리는 강아지풀

핼쑥한 얼굴에 미소 머금고
한 장의 낙엽으로 지고 마는
화려하지 않은 가을꽃이어라

물가에서 / 임수현

자욱한 안개 속에서
잔잔한 물결 내게로 다가서고
귤꽃 향 콧속 깊숙이 밀고 들어와
심장부 깊숙한 곳에서 나래 편다.

살랑살랑 부는 바람
책 한 권 펼쳐 든 여인의 손끝에 앉고
안개비 촉촉이 머리카락 적실 때
멀리 들려오는 산새 소리도 비에 젖는다.

물가에 앉은 여심은
차곡차곡 쌓이는 인연 탑을 기웃거리며
잔잔한 물결 위에
반영된 자신을 다소곳이 들여다본다.

말없이 지나가는 오늘도
물가에 앉은 소금쟁이처럼
새내기 글쟁이는
퍼덕퍼덕 힘겨운 날갯짓을 반복한다.

개망초 / 임수현

어디든
자리 가리지 않고 선 자리
오염되지 않은 고요한 백색으로
한들거리는 모습에서
너의 하얀 마음을 읽노라!

허리를 구부린 채 모내기하던
흙 묻고 젖은 어머니 손에
한 움큼 들려있던 그 꽃
그땐 내 키만이나 하더니
이젠 내 아래 서서 올려다본다

누가 네게 개망초라 이름 지었을까?
아마도 꽃잎 수 만큼
오랜시간 질긴 생명을
나누어 주고 싶어서였으리라.

꽃바람

詩人 **임승훈**

인천 옹진군 거주
대한문학세계 시 부문 등단
(사)창작문학예술인협의회 회원
대한문인협회 인천지회 정회원

🌸 시작노트

마음 하나로

꽃을 피울 수 있을까

어느 한낮 왔다가 사라지는

햇살처럼

조금만 더 가까이

다가가면 꽃이 될 수 있을까?

다시 바라보면

유월의 초록으로 돌아갈 수 있을까?

－ 시 〈사랑 꽃〉 중에서 －

명품 / 임승훈

명품은 누구에게나
걸맞는 옷처럼
잘 어울리고 참 멋스럽다

나도 명품을
큰맘 먹고 장만한 시계
살림 두어 달 치 빚내어

새색시 첫날밤 같은
두려움 반 설레임 반으로
오랜만에 단꿈에 젖었어

짝퉁 같은 양복을 챙겨 입고
나의 신앙 같은 명품은
피씩피씩
거리에 웃음을 뿌렸지

말복을 달구는
한나절
태양은 숨이 턱까지 차고

갈 길은
서산에 걸쳐 있는데
나의 의욕은 두 다리를 이끌고
그림자는 저만치에서
가자고 한다.

초야 / 임승훈

푸른 초록이 물들면
온 산을 뛰었고
노을 지면
하늘 아래 하루를 눕는다

새벽에 길을 나선
자리에 너는 보이지 않고
나는 한풀 꺾여
배회를 털듯 걱정을 턴다

너의 무심한 방랑은
산야에 자유를 달리다가
까맣게 잊어버린
어둠의 숲에서 돌아오지 못하고

메아리로
내게 전하는 부름은
목이 메여 찾으려 해도
어둠이 지배된 그리움을 덮어야 했다

새벽이 시리도록 불안을 붙잡고
까맣게 태워야 했을
사랑마저도 돌아눕는
밤이 길었을 것이다.

운명 / 임승훈

어제의 이야기를
전송하고 돌아와 보면
방금 지나간 시간이 과거였습니다.

세월은 수천 년이 지나도록
한결같이 원석처럼 굳어 있고
우리는 운명을 따라갑니다.

가려는 자와
머물고 싶은 양면의 동거는
최초 합이 된 약속이었을 겁니다.

우리가 백발로 변해있을 때
누군가가 똑같은 자리에서
같은 생각을 하고 있겠죠.

우리는 전설처럼
길을 떠났고
그대들은 규칙 같은
시간의 포로가 되어 있을 겁니다.

내일 / 임승훈

그 일탈은
아무 이유를 묻지 않는
단 하루의 약속일 것이다

얼마나 선명한 색이었나.
순한 눈빛들이
전하는 이야기가
방금 스쳐간 바람이었을

정오의 해는
붉은 창가에
이별을 그려 놓고
뉘엿뉘엿 등 뒤로 별이 쏟아진다.

이제는 하고
엇갈린 갈등처럼
촘촘히 걸어야 하는 길에
어둠이 짙게 깔려 있다는 걸
내일이라고 부르자

가뭄 / 임승훈

들꽃들이 시들어
힘없이 초록 뒤에 눈물을 떨구고
엉킨 바람은
칠월의 뜨거운 열기를 살려 놓는다

마른 개울
마지막 남은 습기에
겨우 목숨을 붙이고
작게 엎드려 하늘을 바라본 생명들

그들을 위한
억새의 힘없는 위로는
원망과 탄식일 뿐
강으로 가는 길을 모두 잊었다

마른 바닥이 쩍쩍 갈라지고
이미 살아남지 못한
약한 자의 영혼들은 흙이 되어
묻혔을 돌무덤에

거친
바람이 불고 천둥이 치고
우레의 요동이 지척을 흔들고 나면
이윽고 범람한 물은
아무 일 없이 개울을
채울 것이다.

그때는 / 임승훈

세상 속에
진실해 보려고
나를 지탱하고 있는
육신에게

모든 것을 거짓으로
속여 보고
슬픔도 미움도
아픔도 내색하지 않았다

언젠가
어떻게 말할까
그때가 언제냐고 묻는다면

세월이 푸르렀고
아름다워
그때처럼 노을 빛에
잊었다고 하자

우리는 / 임승훈

세월이
흐른다는 것은
성숙해 간다는 것이다

싹이 돋고
꽃의 향기로
피어난다는 것은
열매를 달기 위함이오

비바람에 견디고
땡볕에 익어 간다는 것은
축복이었음을 알기 위함이다

인생은 먼 여행길 같아서
다시 과거로
돌아갈 수 없기 위함이오

붉은
결실을 볼 수 있다는 것은
아름다움을 알리기 위함이다.

詩人 정하윤

인천 거주
대한문학세계 시 부문 등단(2017.05
(사)창작문학예술인협의회 회원
대한문인협회 인천지회 정회원

❧ 시작노트

삶이 시이지만
시어를 창작해야 함을
감성을 글로 표현한다는 것에
설레기도 하고 어렵기도 하고
꽃을 피워내듯
7월에 흐르는 감성의 글 꽃을
인천 지회 동인지 글에 꽃을 그려봅니다.

봄이 오나 봐 / 정하윤

찻잔 사이를 건너가는
그윽한 눈길에
봄 향기가 번진다.

네 개의 징검다리 건너
어제와 다른 어제의 그 자리에
태동이 땅을 간질인다.

가슴에 젖어 드는
너만의 향기가
얼어버린 공간에 은은히 번지는

아름다운 언어들의 속삭임
사람들의 감성을 울리면
네가 바로 시인이다

귓가에, 눈가에, 가슴에,
미소 가득 퍼지는
햇살 가득한 오후

힐링 제주 / 정하윤

따스한 햇살과 함께 거니는
섭지코지의 여유로움이
청량한 바람에 묻어오는 봄을 즐긴다.

청옥 빛 날개 펼쳐 하늘을 담아
바다와 하나가 되고
초록빛 파도 가슴 두드리며
싱그러운 숨결이 넘실대는 바닷가

짭조름한 향기 담아
하나둘 그려지는 수채화에
온기와 눈빛은 마음을 싣고

사려니숲길행 차창에 기대어
오수 즐긴 나른한 오후
푸른 청춘들이 들숨 날숨 호흡하며
단잠을 깨운다.

미처 떠나지 못한 잔설의 은빛 속삭임
하늘 향해 뻗어가는 그대들의 꿈,
비로소 하늘은 열리고
포근한 선물 우르르 쏟아진다.

봄볕의 따사로움에 내 마음도 젖는다.

그대 눈처럼 / 정하윤

그대의 하늘바라기를 하면
우르르 별빛 쏟아져
하얀 백설기 선물이 땅을 덮었다

그대 그리워하는 날
잔설 가지 뽀얗게
장식을 단 매화의 합창이 울려 퍼지고

꽃향기 담긴 차 한 잔
안개꽃으로 안겨 오는
백지 위에 고운 단장의 그림이 정겹다

그리움 하나
빨랫줄에 걸어 놓으면
포근한 햇살에 얼었던 마음 녹여
따뜻한 은빛으로 다가올 게지

솜털 같은 보드라운
버들강아지 피어
눈길 따라 아롱거리고

바람도 잔잔한 그 날은
나뭇잎 살랑살랑
내게로 오는 순한 길이었다.

침묵 / 정하윤

잔잔하게 흐르는 음악은
두 줄기 눈물과 함께 하는
음표를 그리며

건반 위를 걷는
부드러운 춤사위에
맑고 청아한 음을 두른다.

허공을 몸짓하는 나신의
가지마다 걸린 눈꽃 바람을
서성이는 이 밤 외로움에 떠는데

별은 저 너머에서
무얼 할까
모닥불 피워 들고 오시려나 봐

마력의 꽃 / 정하윤

태양이 떠오르면
검은 꽃 피어나

나의 입술은 뜨겁게
너에게 키스하고 말았네

붉은 피는 검은 피로 변하고
나의 혈관을 타고 흘러라

잠에서 깨어나는
커피 공주여 영원히
내 곁에 향기로이 머물러 주오

푸른 잎 너머 / 정하윤

저 멀리서
몽환으로 끄는
탐스러운 꽃송이

너를 보려
가까이 가니
살짝 훔치는 눈 맞춤

푸른 잎 너머에서
들려오는 전설

탐스런 붉은 작약
한 아름 가득 안고
시를 그리며 있는 나

길가를 스치며 / 정하윤

강아지풀
늘 그 자리에서 손짓하며
다정스레 온다.

예쁘지도 않은 것이
폭 빠지게 해

뭉게구름은
옹기종기 앉아
바람에 휘영청
길가를 스쳐

나는 야
한복판 함성이
들리는 곳에서

너를 이야기했지

집으로 가는 길에
너를 보며 스쳐 가야 함을
볼수록 귀여운 너는
이 마음을 알려는지

꽃바람

詩人 주야옥

대한문학세계 시 부문 등단

(사)창작문학예술인협의회 회원

대한문인협회 인천지회 기획차장

〈수상〉

대한문학세계 시 부문 신인문학상

소년문학 동시 신인문학상

2018년 향토문학상 은상, 2018년 한국문학 향토문학상
2019년 향토문학상 금상, 순우리말 글짓기 전국 공모전 장려상
전국 학생, 학부모 독후감 대회 우수상, 새얼 전국 학생, 어머니 백일장 장려상
경인일보 푸른 글짓기대회 장려상, 소년문학 특선 시 선정 (동시)
〈경력〉
인천 남동구청 남동 마당 취재기자 역임, 참 소중한 당신 명예 기자역임
역사논술 지도사, 미술심리상담사, 음악치유사, 아동미술 지도사,
사회복지사 자격취득, 특수아동지도사 자격취득
현, 어린이집 원감, 한국방송통신대학교 국문학과 졸업

❧ 시작노트

답답한 날엔 시의 꽃잎 한 초롱씩 펜에 꿰면서

맑은 영혼의 향기를 가슴에 채운다.

톡 남몰래 키운 꿈 하나

얼었던 마음을 녹이며 시의 눈을 뜨게 한다.

숲의 언어 / 주야옥

숲이 문을 연다.
깊은 잠속에 떨어진 나뭇잎
한 장 주워 손바닥 위에 놓는다.
숲이 깨어난다.

숲을 만져본다.
몇 번의 계절이 들어 있을까?

나뭇잎의 상침질 소리가
초여름의 음표가 되어
공기의 현을 뜯는다.

나무줄기 끝 고막의 키득거림이
애살포시 피어나
숲에 발자국을 남긴다.

햇살 몇 올이 잎과 잎 사이를
더듬으며 언어의 사전을 클릭한다.

산까치 한 마리
숲을 노래한다.

숲이 눈꺼풀을 비비며
참았던 아픔을 터뜨린다.

사라진 언어들이 숲속에 모여든다.

의림지 / 주야옥

춘풍에 흔들리는 수양버들
통통 튀는 햇살

웅크린 봄을 깨우고
수면 위에 떠오르면

삼한 시대 진흥왕의 호탕한 웃음소리가
역사여행을 떠나게 한다.

우륵과 의림지 전설이
퇴성과 추성 사이로 몰려와
마디마디 떨리는 열 손가락에 걸린다.

논에 물을 퍼 올리는 용두레 소리
삐거덕삐거덕 물지게의 소리가
옹알이처럼 재잘거린다.

또다시 너를 만나며
기억하며 기록할 날을
기다려본다.

너에게 나르샤 나래를 주마 / 주야옥

너에게 나래를 주마
뭇따래기 별쭝난 짓으로
아프고 외로웠던 너에게

이제 나는
너에게
나래를 주겠다.

간조롱 갸냐른 나래 펼치며
닿소리 홀소리 한말글
가온누리가 되어

너의 마음에
한 별로 돋아날 수 있다면

너에게
나르샤 나래를 주마

나래 : 날개, 뭇따래기 : 자주 나타나서 남을 괴롭히거나 일을 방해하는 무리
별쭝난 : 말이나 하는 짓이 아주 별스럽다, 간조롱 : 가지런
갸냐른 : 가냘프고 여린, 한말글 : 우리나라 말과 글
가온누리 : 무슨 일이든 세상의 중심이 되어라, 한 별 : 크고 밝은 별
나르샤 : 비상하다, 날아오르다.

바람의 기지개 / 주야옥

마른가지 사이로
바람이 굴렁쇠를 굴리며
달음질 치고

잠들었던 영혼을 뒤흔들어 깨우며
아우성 친다

추억을 담금질하는 예각과
먹먹한 가슴을
저울질하며 둔각의 각도를 잰다

여인이 되지 못한 소녀는
하얀 종이 위에
엇각의 퍼즐을 주섬주섬 늘어놓는다

한 조각
두 조각
새해를 평각으로 맞추며

바람은
바람은
기지개를 켠다

체중계 / 주야옥

새 학기
첫날
아침부터
엄마의 잔소리

영어학원
수학학원
미술학원 가방마다
엄마의 잔소리

엄마의 잔소리
체중계에 달면 몇 그램일까?

후들후들 떨리는 다리
두근두근 콩닥콩닥

마음의 무게

엄마의 한숨까지도
계속 더해지는 몸무게

엄마는 알까?
엄마의 잔소리가
제일 무겁다는 것을.

그를 만나다(이효석) / 주야옥

산허리마다
하얀 눈이 오는 듯하다.

국어책을 펼친다.
페이지마다
1920년 여름날
장돌뱅이, 조선달, 동이, 성 서방네
처녀의 투박한 이야기가
피어난다.

하룻밤의 사랑을
남기고 간 성 서방네 처녀를 찾아

개울을 건너고
산길을 건너고
옥수수 밭길을 지나

장터를 돌며
그리움을 토해냈을 허생원.

바람이 분다.
메밀꽃이 흔들린다.

나도 흔들린다.

너에게 날개를 달다 / 주야옥

초록빛 그리움이
언덕을 넘어
달음질친다.

바래져 가는 추억
여린 꽃잎 위에 뿌리며
햇살 한 쌈 넣어본다.

거절된 언어의 사전을 펼치며
붉은 밑줄을 그어본다.
파찰음과 마찰음 사이의 시어들이

흔들리는 마파람에 실려 오는 종소리와 함께
6월의 태양 속에서
수줍은 날개를 편다.

난 너에게 아름다운 언어의 그림을 그리며 날개를 단다.

너에게 날개를

꽃바람

詩人 허복희

대한문학세계 시 부문 등단
(사)창작문학예술인협의회 회원
대한문인협회 인천지회 총무차장

2018 대한문학세계 신인문학상 수상
대한문인협회 인천지회 향토문학상
경연대회 동상(2018~2019)

❦ 시작노트

노을빛 바라보며 내 인생의 사계절이 황혼의 계절에 와 있는 것
을 느끼며 성숙하게 익어가고 싶은 마음은 끝없이 시를 쓰고 싶
은 시향으로 옮겨 가고 있습니다.

겨울이 오기 전에 가을을 아름답게 물들이고 싶어 끝없이 순수
한 마음을 잃지 않으려고 정진하며 이 가을을 사랑하며 펜을 들
어봅니다.

무궁화 / 허복희

풀잎처럼 강인하게 살고 싶었네
쓰러진 생의 한 가운데 서서

빛나던 그 모든 시간의 흐름 속으로
깊은 뿌리를 내리고
강하게 살아내고 싶었네

바람 불어와 가지를 흔들고
비처럼 젖은 시간 속에서도
아름답게 살고 싶었던
빛났던 젊음은 갔어도

사랑이 덧없는 인생의 사치가 되어
살아 온 시간들을 흔들고 있어도
강인하게 풀잎처럼 다시 일어나고 싶었네

한 송이 지고 나면 또 한 송이 피워 올리며
부르기도 아까워 가슴 속 깊이 담아 둔
나의 사랑의 꽃
무궁화여!

빅토리아 연꽃 / 허복희

진흙 속에서 인고의 세월을 딛고
한 송이 한 송이 사랑을 안고 핀
연꽃 한 송이

온몸에 가시를 안고도
진실한 사랑하나 지키기 위해
아픔을 참아야 했던 가시연꽃

가장 빛나던 그 사랑의 순간을 지키기 위해
가장 아름다울 때 물속으로 가라앉는
빅토리아 연꽃!

오늘 비가 내리고 그 연잎 날릴 때
인연도 비껴가고 시간도 비껴가며

잃어버린 그 사랑 잃어버린 그 진실을 안고
천년의 빅토리아 연꽃이 물속으로 사라지고 있다.

부겐 베리아 꽃 / 허복희

너무나 아름다워 만지기도 아까운
그 품속에 하얀 고깔 올리며
나는 꽃을 피웠다.

내 속에 수없이 나 있던 그 길을 따라
그 외로운 시간을 걸어 들어가
그토록 소중한 꽃을 피웠다.

한없이 소중하게 여기는 마음으로
세상이 따뜻하다 느끼는 마음으로
이 아름다운 사계절을 견딜 수 있도록

붉은 꽃잎 속에 따뜻한 씨앗 하나 품으며
하늘 향해 꿈꾸는 유토피아처럼
아름다운 색의 정점을 찍으며
나는 새로운 꽃을 피우고 싶었노라.

슬픈 시인의 노래 / 허복희

석양이 지던 을숙도 갈대는
그대와 마지막 인사를 하기에
너무나도 아름다운 땅이었습니다.

모래만이 끝이 없던 해운대 파도는
그대와 행복했던 추억을 기억하기에
너무나도 아름다운 바다였습니다.

방파제에 부서지는 파도 소리 들으며
자전거로 달리던 이송도의 바다 풍경은
너무나도 아름다운 해안이었습니다.

세월이 가도 슬픈 기억의 고향으로
지금도 남아 슬픈 영혼의 연가를 부릅니다.
슬픈 영혼으로 만난 그대를 잊지 않으려고
오늘도 슬픈 시로 그대를 그려봅니다.

실낙원 / 허복희

멀고 먼 그 옛날
내 사랑이 시작되던 날

거부할 수 없는 운명처럼 시작된 사랑 앞에
어디에도 내려놓을 수 없었던 간절한 그리움이여

이미 중독되어 갇혀 있는 내 사랑의 새는
새장을 열어 놓아도 날아갈 줄 모른다.

천상의 새가 되어 영겁의 고통으로 돌아온다 해도
잊을 수 없어 다시 시작된 사랑

배반도 모순도 그대 이외는 그 누구도 허락할 수 없는
이브의 동산에서 오늘도 그대를 기다리네

다시 눈 뜨는 새벽이면
다시 시작되는 기다림의 동산이여

저 별에 묻어 둔 우리들의 슬픈 약속을
이루지 못하고 떠난다 해도
실낙원의 동산을 잊지 않고 떠나리라.

빗방울 전주곡 / 허복희

시인의 마을에 비가 내리면
파전 굽는 냄새에 동동주 한잔 그리워
찾아오던 내 친구여!

가마솥 뚜껑 위로 탱글 거리며 떨어지던
빗방울 소리에도 울먹이며 잔을 넘겼지

인생의 파라다이스는
너를 만난 내 가슴에 나를 만난 너 가슴에
별빛처럼 빛나고 있다고

크리스털 잔이 아니더라도
투박한 뚝배기 앞에
우리네 힘겨운 인생의 잔을 넘길 줄 알던

너의 가식 없는 웃음이 그리워
나의 순수했던 열정이 그리워

오늘 빗소리 들으며
가슴에 내리는 비를 맞으며 빗소리 들으러
오랜만에 시인의 마을로 갈거나.

그대를 기다리며 / 허복희

어둠이 칠흑 같이 밀려오면
외딴 섬 외로운 등대 하나
실오라기 같은 불빛의 희망으로
등대에 불 밝힌다.

가난한 어부의 딸은
아버지의 배가 보이지 않을 때까지
뛰며 달리며 손 흔들고
돌아올 그때를 기약했다.

기다려 본 마음은 알리라
얼마나 수없이 희망의 불을 밝히고
얼마나 많은 절망의 술을 마셔야 하는지

등대에 불이 들어오면
기다린 기다림은 다시 시작되고
외로운 등대의 벗이 되어

나는
그대를 기다리며
오늘도 맨발로 바다로 간다.

詩人 **홍사윤**

인천 출생, 거주
대한문학세계 시 부문 등단
(사)창작문학예술인협의회 회원
대한문인협회 인천지회 정회원

특별초대 시인작품 시화전 선정
대한문학세계 시부문 신인문학상
대한문학세계 향토문학상 금상
짧은 시 짓기 전국공모전 은상

❧ 시작노트

작은 샘이 솟아 실개천을 이루고
실개천이 모여 강물로 흐르듯이
대한문인협회 인천지회
시인들의 작은 시향들이 모여 시향만리(詩香萬里)의 꿈을 이루
려 한다.
시작은 비록 초라하지만
시향은 오래도록 독자들의 마음속에 간직되기 바라는 마음으로
이 순간의 행복을 간직하려 한다. 시를 올리며........

눈먼 사랑 / 홍사윤

그녀에게
사랑을 느낀 것은
3초였지만

그녀에게
사랑을 주는 것은
한평생이었다.

아침에 피는 꽃 / 홍사윤

삶에 지쳐버린
쳇바퀴 도는
무관심의 그늘에서

정성을 다해
피는 꽃을
어찌 무심히 지나치리.......
□
사랑을 위해
아침마다 화장을 하며
피는 꽃에
입맞춤을 해주리라.

기다림 / 홍사윤

봄이 오고
꽃이 피고
새가 날아오니

그대 마음도
봄바람 타고
함께 오면 좋으련만.......

무심한 그대 소식
달님에게 물어보고
별님에게 물어보네.

추풍낙엽 / 홍사윤

옷깃을 여미는 찬바람에
무심히 떠나려는 임아

푸르던 청춘 붉게 물들여 놓고
어이 홀로 가려 하는가!

이내 심정 뜨겁게 불태워 놓고
어이 홀로 떠나려 하는가!

겨울아! 임을 데려가려거든
이내 몸도 함께 데려가 주오

내 마음 가을에 두고
임을 기다리기엔.......

찬바람에 지쳐 떨어지는
이내 몸을 어찌하란 말이오.

홍매화 사랑 / 홍사윤

홍매화 피는 언덕에
곱게 남겨둔 사랑의
설렘을 잊을 수 없어

겨우내 시린 칼바람
오롯이 견뎌내고
실바람 타고 왔네.

홍매화 피던 계절에
깊이 숨겨둔 사랑의
그리움을 지울 수 없어

춘설이 내린 삼월
꽃샘추위 견뎌내며
봄바람 타고 이제야 왔네.

고결한 꽃을 피우기 위해
인내의 시간을 보낸
홍매화의 붉은 순정

지난 사랑에 수줍어
하지 못한 말을 전하려
임 찾아왔네........

품속의 고향 / 홍사윤

가련다. 돌아가련다
어머니 숨소리가
들려오는 그곳으로

세상에 나와 살고 살아
초로가 되어버린 육신
고향이 그립고
어머니의 자장가 그리워라

나! 돌아가련다
어머니 품속으로…….

모진 세상 돌고 돌아
고개 숙인 육신
어머니 숨소리가 들려오는
고향으로 가련다.

저 하늘로 떠나가신
마음의 고향
어머니 자장가를 베개 삼아
잠이 들던 그 시절로
나! 돌아가련다

멍에를 벗고 / 홍사윤

흰서리 내린 세월
짊어진 멍에를 벗어버리고
물 한 모금에 허리 펴고
하늘 한번 쳐다본다.

무거운 발걸음
저녁놀 그림자 길게 누울 때
붉게 물든 석양
하루의 짐을 내려놓으며
어둠의 잠자리를 편다.

나비의 꿈을 찾던
과거의 기억 속으로
잠들어 버리는 시간
발버둥 치며 살아온 인생
담배 한 모금에
긴 한숨을 내뱉는다.

지나온 삶의 격려인 양
아름답게 물들어가는 황혼
마음의 공허함을 달래며
시름을 잊은 채
온화한 미소를 머금어 간다.

대한문인협회 인천지회 동인문집

제1집

2019년 8월 30일 초판 1쇄

2019년 9월 3일 발행

지 은 이 : 오승한 외 28인

　　　　가혜자 강지현 고연주 김경철 김만석 김선옥 김수용

　　　　김연식 김정원 김정호 김희영 류향진 백성섭 서금순

　　　　신동진 여남은 오석주 오승한 유영서 이도연 이명순

　　　　이성구 이옥순 임수현 임승훈 정하윤 주야옥 허복희 홍사윤

펴 낸 이 : 대한문인협회 인천지회

엮 은 이 : 김락호

디자인 편집 : 이은희

기 획 : 시사랑음악사랑

연 락 처 : 1899-1341

홈페이지 주소 : www.poemmusic.net

E-Mail : poemarts@hanmail.net

정가 : 15,000원

ISBN : 979-11-6284-134-1